LA RÉPUTATION

LA RÉPUTATION

Olav Duun

TRADUIT DU NORVÉGIEN PAR ÉLISABETH ET ÉRIC EYDOUX

C
am
bou
rakis

Cette traduction a initialement été publiée
par les éditions Flammarion en 1999.

Titre original :
Ettermaele

LE CHEMIN DU RETOUR

Il était maintenant en Norvège, dans le train qui le ramenait chez lui.

Son cargo relâchait en Italie lorsqu'un télégramme lui avait annoncé la mort de sa mère, et en Angleterre quand il avait lu dans la presse norvégienne qu'on avait arrêté Torberg Bjørholt accusé du meurtre de sa femme. Et comme ce Torberg Bjørholt ne pouvait être que son père, il avait décidé d'abandonner et son navire et sa cabine de second pour rentrer. Mais dès son arrivée au pays, il avait appris que son père avait été libéré, faute de preuves. Dans le canton, les avis semblaient partagés.

L'express remontait vers le nord. Jamais encore il n'avait effectué ce trajet, et il songeait qu'en d'autres circonstances il s'en serait fait une fête.

Durant ces longues années d'absence, c'était presque toujours l'image de sa mère qu'il avait eue à l'esprit. Inconsciemment. C'était déjà le cas lors de ces années si lointaines où il habitait à la ferme. Et maintenant encore, c'était elle qu'il revoyait en ces moments où son père, forcément victime d'une injustice, aurait dû accaparer toutes ses pensées. Elle lui souriait comme elle lui souriait dans son enfance. C'était un être énigmatique, qu'il n'avait jamais connu et qu'en vérité il ne s'était jamais soucié de connaître.

À certains moments, il détaillait son visage jusqu'à l'obsession. Elle a les traits aussi fins qu'une dame de la ville, avait dit un jour quelqu'un. Pourtant, ils étaient dénués de toute sécheresse. Au contraire sa peau était douce au toucher, encore qu'il lui parût inconcevable d'avoir jamais pu avoir un tel geste. Aucune sécheresse, mais un teint d'une exceptionnelle pâleur, comme doré par une lumière solaire qu'altérait parfois un soupçon de rouge venu se déposer sur ses joues. Cependant, c'étaient surtout les yeux que, maintenant comme autrefois, il revoyait. C'étaient eux qu'il avait vus lorsqu'il s'était débattu dans la mer après le torpillage de son bateau. Ah, les yeux d'une mère ! avaient dit les gens, exactement comme s'ils parlaient de ces naufragés qui invoquent Jésus dans l'espoir d'en réchapper. Et pourtant, jamais il n'avait réussi à comprendre ce qu'il y avait dans son regard. Qu'elle restât prisonnière de ses pensées ou s'en fût libérée pour observer quelqu'un, elle avait dans les yeux une lueur différente des autres.

Et combien de fois ne l'avait-elle pas ainsi observé !

À ces moments-là, elle n'avait pas l'air triste. Elle donnait plutôt l'impression de receler un bonheur qu'assombrissait cependant quelque chose de cruellement douloureux, d'insupportable à évoquer. Pourtant, elle avait le rire facile. Toutes les occasions lui semblaient bonnes et, dans ses moments d'épanchement, il lui arrivait de confier que le rire c'était la vie, du moins pour elle.

Elle avait les cheveux courts. À cause de ses maux de tête. Arna a bien trop de cheveux, disaient les gens, peut-être un brin narquois. À cette époque, c'était la seule femme du canton à porter les cheveux courts, des cheveux blonds et frisottés de petite fille. Et il se rappelait aussi ses yeux bleus pailletés d'or qui scintillaient comme des bijoux porte-bonheur.

Non, jamais il n'avait aimé sa mère d'un amour semblable à celui des autres garçons. Peut-être parce qu'elle l'avait elle-même trop aimé ? À présent, il se rendait compte que s'il s'en était allé, s'il avait pris la mer, c'était à cause d'elle. Elle ne lui avait pas permis de vivre à sa guise ; elle avait trop voulu s'immiscer dans son existence. Lorsqu'il était parti, c'était elle et non son père qui l'avait suivi du regard. Et il en avait toujours ressenti un certain trouble.

Ainsi détaillait-il son passé en revenant au pays où son père faisait maintenant figure d'assassin. À cette idée il avait le plus grand mal à rester en place. Le train à l'indifférente allégresse le ramenait bruyamment chez lui, et il ne voulait même plus regarder le paysage tant cette vitesse inconsidérée le faisait souffrir. De même que le faisait souffrir tout effort de pensée : la moindre réflexion le transperçait comme un coup de poignard.

Son père était innocent. Innocent sur toute la ligne, et cette accusation devait le rendre fou. Mais comment avait-on pu en arriver là ?

En tout cas, s'il s'était vraiment passé quelque chose de ce genre, ce ne pouvait être que sa faute à elle.

Son père, il n'avait cessé de l'observer tout au long de sa vie. Il avait commencé subrepticement dès son plus jeune âge. C'était, lui aussi, quelqu'un d'énigmatique, comme l'était peut-être tout homme. Torberg Bjørholt passait pour une joyeuse nature car il n'était jamais à court de propos ; les gens riaient et s'étonnaient un peu sans jamais arriver à savoir ce qu'il pensait vraiment lorsque, le visage éclairé par un sourire, il leur jetait un bref regard en répondant *bien sûr* à leurs imbécillités.

Son père lui avait toujours paru plus distant que sa mère. Sans doute parce qu'il le vénérait. À moins qu'il ne le vénérât parce qu'il était insaisissable ? Ou peut-être le contraire ? Comme le disait son père quand il avait percé les petites manigances de quelqu'un : Ces choses-là, c'est avant qu'on aurait dû s'en apercevoir. *Brynjar !* l'appelait parfois son père, mais lorsque le garçon accourait, il avait déjà l'esprit ailleurs et lui faisait faire n'importe quoi. Il lui arrivait aussi de le regarder comme personne d'autre ne le regardait jamais. Est-ce à dire pour autant qu'il le voyait ? Car soudain, ses yeux fixaient autre chose, emportant avec eux tout ce qu'ils dispensaient de bon.

Jamais on n'avait vu plus bel homme. Que ce soit à l'église, en ville ou ailleurs. Il était *l'homme.* Peut-être les autres s'en rendaient-ils également compte. Et sans doute leur était-il encore plus difficile d'admettre qu'on ne pouvait rien lui imputer de mal, qu'il ne prêtait jamais le flanc à la critique.

Pourtant, quelque part en lui s'était produite une déchirure qui avait laissé sa marque. Ainsi en avait-il également été d'un tableau qu'il avait beaucoup aimé. Lui aussi avait une déchirure, mais il n'en était que plus beau.

Pourquoi n'arrivait-on jamais à l'impliquer dans quoi que ce soit ? Il ne se mêlait ni de politique ni d'autre chose. On le laissait suivre sa propre voie. C'était tout juste si l'on s'était souvenu de lui au moment du recensement.

Pourtant, il y avait des moments où l'on se rappelait son existence. Quel regard portaient-ils donc sur lui, ces hommes qui, au plus chaud d'une discussion, venaient lui soumettre un texte pour avoir son approbation ? Et lui, après avoir répondu « mais oui » et « bien sûr » ne manquait jamais de se reprendre puis de lâcher : Mais est-ce que ce n'est pas pousser les choses un peu loin ? Et Brynjar se souvenait de l'effet produit. Il arrivait aussi à son père de formuler des critiques, mais à sa manière, en examinant le problème sous un angle totalement inattendu qui les obligeait à lui donner raison. À ces moments-là, il les regardait avec de grands yeux d'enfant tout étonnés : Vous voyez bien qu'il y a plusieurs manières d'être intelligent ! Et ils le singeaient en répétant ses propos. Un jour, il avait lancé : Quand nous sommes trop vieux pour faire des bêtises, nous préférons dire que ce n'est pas digne de nous. N'attendons pas qu'il soit trop tard.

Une autre fois, il avait dit : Si quelqu'un vous regarde de trop près, c'est qu'il est encore pire que vous. Et quand on lui avait demandé si c'était pour cette raison qu'il regardait les gens de si près, il avait répondu en riant : Cette fois, j'ai été eu. Eh bien, disons qu'un homme bon se connaît lui-même. Oui, un homme bon se connaît lui-même, avait répété l'un de ses interlocuteurs. Tu en es sûr ? avait-il alors rétorqué. Et personne ne devait ensuite oublier l'expression de ses yeux au moment où il avait prononcé ces mots : des yeux qui, paraissant tout savoir, riaient en même temps de leur propre ignorance. Comme s'ils savaient que, malgré tout, un homme vaut plus que sa vie.

Et lui, c'était sans aucun doute un homme bon, indépendamment de ce qu'il ressentait, de ce qui s'était passé et de ce qu'on pensait de lui.

Mais en fait, que pensait-on de lui ? Selon les circonstances, on le singeait dans son rôle de sage ou de crétin, mais que pensait-on vraiment de lui ? À cette époque, Brynjar ne pouvait se permettre d'interroger les gens. Et maintenant que le besoin s'en faisait sentir, il le pouvait encore moins. C'était un autre temps, songea-t-il. Avant que tout cela ne nous tombe dessus.

Par moments, son père, pris d'une véritable boulimie de lecture, se mettait à dévorer n'importe quoi, des recueils de poèmes, des livres religieux et tout ce qui lui tombait sous la main, jusqu'au moment où il rejetait tout en vrac en disant que c'était bon pour les autres. Ça aussi, c'était un autre temps.

Trop heureux de rappeler qu'étant un express il n'était pas tenu de s'arrêter pour ces pauvrettes, le train sifflait à chaque petite gare, sans s'inquiéter de savoir si Dieu l'amènerait à bon port !

Brynjar se rappelait telle ou telle chose que l'on disait sur son père, des bribes de phrases qui l'avaient accompagné sur les mers du globe.

Et puis il y avait cette histoire qui revenait une fois de plus. Un jour qu'il était avec son père, ils avaient vu le serpent de mer. C'était un souvenir qui lui avait pesé tout au long de ces années mais qui maintenant l'obsédait véritablement. Parmi tous ceux qui naviguaient sur le fjord cet été, il avait fallu qu'ils soient les seuls à le voir et à en subir la honte, même s'ils n'étaient qu'eux deux, dont son père.

Alors qu'ils traversaient le fjord par un beau jour d'été, ils l'avaient vu apparaître devant eux. D'abord, ils avaient entendu une sorte de bruissement, puis la mer s'était mise à bouillonner, et lorsqu'ils s'étaient retournés pour voir, ils l'avaient aperçu qui dressait la tête au-dessus de l'eau. Une tête de cheval grimaçante prolongée par un corps ondulant qui brillait au soleil. Levant ensuite la tête un peu plus haut, ils avaient cru voir ses yeux qui les observaient. Nom de Dieu, avait dit son père en voyant à qui il avait affaire. Non pas qu'il ait eu peur du monstre ; en fait, on l'aurait plutôt cru sous le coup de quelque mauvaise nouvelle comme la perte de son meilleur cheval ou l'écroulement de sa maison.

Brynjar non plus n'avait pas réellement eu peur. Mais, même remis de sa surprise, il avait été incapable de proférer le moindre mot et n'avait pu que souhaiter le voir réapparaître pour au moins réussir à lui cracher dessus.

Au bout d'un moment, il avait remarqué que son père était devenu tout songeur et, quand était venu le moment d'accoster, il avait lâché : Surtout, tu gardes tout ça pour toi. Il vaut mieux ne pas en parler. Brynjar avait compris que c'était bien suffisant d'être deux à partager cette honte et qu'il valait mieux accepter cette apparition comme telle sans en souffler mot à personne. Mais le garçon, alors âgé de douze ans, ne s'en était pas moins étonné : ils n'avaient quand même pas fait exprès de voir ce monstre ! À quoi il eût fallu lui répondre qu'à cette époque il était trop jeune pour savoir que l'injustice est ainsi : elle frappe qui bon lui semble. Jadis les gens voyaient un monstre marin chaque fois qu'un roi mourait ; pour autant ils ne s'en étonnaient guère puisqu'ils savaient que le monstre existait. Mais voir quelque chose qui n'existe pas ? Ils n'en avaient pas le droit.

Il avait accepté ce coup du sort comme s'il l'avait mérité. Son père également. D'aucuns pouvaient redouter d'avoir un accident banal, de se retrouver ruinés ou de mourir à l'issue d'une longue et douloureuse maladie. Pour son père, il importait avant tout de laisser à sa mort une réputation intacte. Mais sans doute n'y arriverait-il pas.

C'était certainement sa mère qui avait un jour attiré l'opprobre sur son père. Telle était du moins son impression.

Il se rappelait qu'en mer il n'avait presque jamais connu la peur. Tout comme les autres, il avait seulement senti qu'elle ne l'épargnerait pas, et le danger lui avait parfois semblé très proche.

Une fois, quelqu'un s'était mis à évoquer le serpent de mer pour demander ce qu'il fallait en penser. Se rappelant l'épisode honteux, son père avait fait une drôle de tête mais les autres n'avaient rien remarqué et, après avoir craché devant lui, il avait dit en souriant : Le serpent de mer, vous dites ? Moi, je suis comme Arn, c'est une histoire qui me laisse extrêmement *spectique*. Pas vrai, Arn, qu'on est très spectique devant tout ce qui n'existe pas ? Bon, mais Torberg, c'était Torberg, et on n'allait pas se mettre à discuter avec lui, mieux valait en rire tout de suite. Et son père, s'enfonçant dans sa honte, avait poursuivi : Eh oui, un jour, j'ai trouvé un œuf de serpent de mer. Dur comme de la pierre, comme un cœur de criminel endurci, et il a coulé comme un caillou, ça ne valait vraiment pas la peine de le conserver. Le serpent de mer, c'est un énorme mensonge.

Mais en l'entendant dire ces mots, n'avait-on pas l'impression qu'il songeait à sa femme ?

Et maintenant, que pouvait-il bien dire, Torberg Bjørholt ?

Il s'efforça de penser à sa sœur Turid, de sept ans sa cadette. À son départ, ce n'était qu'une gamine. Maintenant, elle ne devait pas avoir loin de vingt ans. On disait qu'elle n'avait pas beaucoup de santé. Il avait vu une photo d'elle et avait été frappé par sa finesse et son extraordinaire beauté. Plût au ciel qu'elle ne fût pas condamnée. Il voulut s'imaginer en train de lui dire quelque chose mais n'y parvint pas. Jamais il n'avait parlé à quelqu'un comme elle, même pour dire des banalités.

Et il pensa aussi à son frère Henrik qui avait un an de moins que lui. Un gars travailleur et calme qui n'était pas du genre à se compliquer la vie. D'après une lettre de Turid, c'était lui qui avait repris la ferme.

Une fois revenu chez lui, son père s'était-il contenté de vivre en retraité de la marine marchande ? Car il avait été capitaine au long cours, et le travail de la ferme ne l'avait jamais attiré. Pourquoi avait-il donc brusquement renoncé à la mer ? Sans doute à cause de sa femme.

Le train faisait semblant d'avancer, et il avait beau gronder, il n'arrivait nulle part.

À LA MAISON

Il arrivait maintenant chez lui, à la ferme de Bjørholt, une des deux exploitations du hameau de Vangdal. Au centre, toujours entourée de ses communs, se dressait la longue silhouette blanche du bâtiment principal. Les Bjørholt y vivaient depuis des temps immémoriaux et, que le maître des lieux s'appelât Torberg ou Stål, jamais il n'avait troublé la paix de la région.

Ça aussi c'était un autre temps… Empoignant sa valise, Brynjar se décida à entrer.

Turid était là. L'espace d'un instant, ils s'observèrent. Chacun savait qui était l'autre, mais tous deux avaient bien du mal à s'y faire.

C'était donc elle ! Comment aurait-elle pu aller mieux ! Elle paraissait cadavérique. Néanmoins, elle lui sourit bravement en lui tendant la main. Elle a les yeux de maman, mais ils lui mangent complètement le visage, se dit-il. Eux aussi ils ont vu trop de choses qu'ils n'auraient jamais dû voir. Un véritable spectre, pensa-t-il encore, tandis qu'elle retenait sa main entre ses doigts filiformes, comme si ma sœur n'était plus de ce monde. Est-il possible qu'elle en ait conscience ?

Lorsqu'il lui demanda des nouvelles de leur père, elle ne se départit pas de son calme.

« Il est là-haut dans son grenier. Il est rare qu'il en descende et encore plus qu'il vienne nous voir. Il ne veut plus nous parler ou, du moins, presque plus. Car il y a quand même des moments où il vient s'entretenir avec nous comme si de rien n'était. Et c'est à ces moments-là qu'il me fait le plus peur, car ça n'a vraiment rien de naturel, crois-moi ! »

Ils entendirent ses pas résonner dans le grenier, au-dessus de la chambre qu'il avait partagée avec sa femme.

« Voilà plusieurs années qu'il y a installé son bureau, c'est là qu'il a écrit son livre sur le canton. Les gens en ont beaucoup parlé. Ce qu'il fait actuellement ? »

Secouant la tête, elle poursuivit : « Eh bien, il ne fait plus rien. Sans doute passe-t-il son temps à ruminer des pensées et puis, périodiquement, il se met à arpenter la pièce ; je ne sais pas ce qui est le plus insupportable à entendre. Mais de temps en temps il va aussi faire un tour dans le canton. D'ailleurs, je ne vois vraiment pas quelle autre occupation il pourrait avoir. Qu'est-ce que tu ferais à sa place, toi ? »

Brynjar alla saluer son frère. Henrik était maintenant un homme de haute taille qui avait cependant conservé le visage de son enfance. Il avait les mêmes yeux bruns et gris que son père, mais c'était bien tout ce qu'il avait hérité de lui. Il le salua avec componction, comme un enfant poussé en graine. Il s'apprêtait à faire les foins avec le garçon de ferme ; c'était un rude labeur, mais il arborait une mine réjouie, peut-être parce qu'il allait ainsi éviter de parler à son frère.

C'était une magnifique soirée estivale, et Brynjar resta un instant à observer le paysage qui, jusqu'à l'archipel, baignait dans une paix paradisiaque. Puis il s'arracha à cette contemplation. Il était temps d'aller voir son père.

Il frappa à sa porte mais n'obtint pas de réponse. Ayant ouvert, il le trouva assis à son bureau, le regard dirigé vers la fenêtre. Néanmoins, entendant la voix de Brynjar, il se retourna puis se leva pour lui serrer la main et lui parler comme s'ils s'étaient quittés la veille. Sur quoi, ayant vaguement souri, il alla reprendre sa place.

Apparemment, il n'avait pas beaucoup changé depuis la dernière fois. Il était même rasé de frais et ne donnait nullement l'impression d'avoir perdu la tête.

Ils se faisaient face, l'un assis, l'autre debout. Et Brynjar, constatant qu'il n'avait plus l'habitude de parler, se dit qu'il était resté bien trop longtemps en mer. Il s'aperçut d'ailleurs qu'il s'était campé sur ses deux jambes comme sur un bateau.

« J'avais envie de voir comment ça se passait à la maison. »

Le père le regarda d'un air un peu étonné puis sourit comme précédemment.

« Ah bon ? Eh oui, il y a eu des changements. Eh oui, de grands changements même. Pour sûr. »

Il répéta plusieurs fois la même phrase en donnant sur la table de petits coups d'ongle. Et, comme la douleur qui se manifeste épisodiquement sur le visage d'un malade, il y avait ce sourire qui apparaissait, puis s'évanouissait.

« Bien sûr, dit Brynjar, mais il ne faut pas que nous nous laissions abattre par la mort de maman. Elle n'a pas souffert. »

Baissant les yeux, le père laissa alors échapper un petit rire silencieux.

Brynjar alla droit au but : « Et puis nous n'allons pas non plus nous laisser abattre par le reste. Il faut maintenant que nous allions parler aux gens du coin pour savoir ce qu'ils pensent de toute cette histoire. Il ferait beau voir qu'ils s'en sortent à trop bon compte. »

Le regard de Torberg se perdait dans le lointain. À présent, il ne souriait plus. Il paraissait avoir sommeil et bâilla à plusieurs reprises. Brynjar essaya bien encore de lui parler, mais sans succès. Il se rendit compte que les mots n'avaient pas prise sur lui. Il ne lui restait plus qu'à partir.

Turid s'efforça de lui raconter ce qu'elle savait des événements : « Maman est sortie dans la soirée. Elle avait prévu d'aller chez Ane-Margit que tout le monde croyait à l'agonie. Papa ne savait pas qu'elle était partie. Et quand je le lui ai dit, il a paru un peu surpris. Tu t'en souviens sûrement, ça ne lui plaisait pas trop qu'elle sorte. Et moi, je suis restée à attendre qu'elle revienne ; c'était une belle soirée de printemps. Il faisait clair. C'était même la pleine lune. Un temps exceptionnel. Je ne savais pas où était papa. Mais je pensais qu'il était parti à sa rencontre. C'était généralement ce qu'il faisait.

Et puis, finalement, comme la nuit était tombée, que j'avais froid et que maman ne revenait toujours pas, je suis allée me coucher. Je me suis dit qu'elle avait décidé de passer la nuit chez Ane-Margit pour la veiller. Et que papa l'y avait retrouvée. Là-dessus je me suis endormie, ce qui est normal puisque je ne savais rien. Et pourtant, c'est une soirée qui m'a paru un peu bizarre. Oui, bizarre.

Le lendemain matin, je me suis réveillée assez tard. Je dors le plus longtemps possible. C'est le docteur qui me l'a prescrit. L'année dernière, il a trouvé que je n'étais pas assez robuste. Trop maigre, qu'il disait. C'est en descendant que j'ai appris la nouvelle. On avait retrouvé maman dans un champ qui longeait la route, et papa avait pris la voiture à cheval pour aller la chercher. Henrik et le garçon de ferme l'accompagnaient. Lorsqu'ils l'ont ramenée à la maison, je n'ai pas pu y croire. Mais il n'y avait pas de doute, elle était morte depuis un bon moment. Et il a bien fallu que je me rende à l'évidence. »

Turid pleurait. Elle avait toujours beaucoup aimé sa mère.

« Et puis on a appelé le docteur et l'intendant de police ; c'est toujours ce qu'on fait dans ces cas-là. Papa est resté assis dans le salon. Il paraissait indifférent à tout. Un peu plus tard, il s'est levé pour aller faire le tour de la maison. Impossible d'obtenir une réponse sensée, rappelle-toi, il était déjà comme ça dès qu'il arrivait quelque chose à maman. Par la suite il a repris ses esprits et réglé les obsèques. Mais nous n'avons jamais pu le convaincre d'organiser un repas de funérailles.

Nous ne nous sommes doutés de rien, jusqu'au moment où l'intendant est revenu avec les autres. Il était accompagné de deux docteurs qui ont exhumé le corps en exigeant que papa soit là. Ça, je ne l'ai appris que plus tard car à l'époque, on ne me croyait pas en assez bonne santé même si, maintenant, je me *porte* bien. Ensuite papa n'est pas rentré à la maison. Il a fallu qu'il les suive en ville. Pour nous, ça ne pouvait pas prêter à conséquence. On nous avait seulement dit qu'il y avait eu meurtre comme le prouvaient une blessure à la tempe et d'autres indices. Il devait revenir le lendemain à la maison.

Et puis, soudainement, on a lu dans les journaux, tous les journaux, qu'il avait été incarcéré, que c'était sans doute *lui*. Mais ça, tu le sais déjà, n'est-ce pas ? »

Il s'étonna de ne pas lire plus d'effroi dans son regard.

« Papa ne s'est jamais départi de son calme. À croire qu'il s'y attendait. Pour nous, ç'a été bien pire. Tu ne peux pas savoir. Et puis, en plein procès, il a tout à coup décidé de se taire. À ce qu'on m'a raconté, il ne faisait plus que secouer la tête en souriant. Les autorités ont eu beau lui dire que ça n'arrangerait pas ses affaires, impossible de lui arracher le moindre mot. Personne ne croyait en son innocence. Ce soir-là, on l'avait vu se diriger vers la forêt pour aller à la rencontre de sa femme. Tous les indices concordaient. C'était lui le coupable. Et puis tu ne peux pas savoir tout ce qu'il y a eu comme faux témoignages. Nous étions atterrés.

Bon mais, pour finir, on l'a quand même acquitté. »

Oui, songea à dire Brynjar : il savait qu'il lui aurait fait trop mal en ne l'approuvant pas. Et pourtant, quelque chose le tourmentait. Elle paraissait bien trop confiante. Connaissait-elle donc si mal les gens du coin ? Se levant, il dit : « Sur ce point, tu te trompes. En fait, il n'a pas été acquitté. Si on l'a libéré, c'est simplement parce qu'on n'a pas osé le déclarer coupable. »

À ces mots, elle pâlit puis devint écarlate.

« Toi aussi tu dis ça ! »

En même temps, elle avait baissé les yeux sur sa main droite où brillait un anneau d'or. Un anneau de fiançailles. Leurs regards se croisèrent.

« Eh bien, explique-toi », lui enjoignit-il. Elle secoua la tête. Et, comme il réitérait sa demande, elle dit : « Je ferais aussi bien de le retirer. Car jamais papa ne pourra être vraiment disculpé.

– Eh bien moi, je ne partirai pas avant qu'il n'ait été disculpé », dit Brynjar.

Elle posa son regard sur lui ; elle avait l'impression de le voir à travers une brume de bonheur, d'angoisse, ou peut-être de désespoir. S'étant assis, il dit, sûr de son affaire : « Il y a ici un meurtrier, et il faut maintenant le débusquer, le faire sortir de l'ombre ! »

La nuit était venue, une nuit cependant aussi claire que le jour. Un étrange témoignage qui paraissait les envelopper.

Mais, pour l'un comme pour l'autre c'était douloureux. Pire que douloureux. C'était anormal de la voir porter cet anneau qui évoquait toutes ces idées de mariage. Comment était-ce possible ! Ne se dominant plus, il dit brusquement : « Tu sais, je ne me suis jamais senti très proche de maman.

– Tu te sentais peut-être plus proche de papa ? »

La question était brutale, il prit le parti d'en rire : « Non, tu as raison. Cent fois raison. Quand je pense que je n'ai jamais su s'il *était* vraiment mon père et que je ne le sais toujours pas. Bon, maintenant c'est dit. Et je constate que toi aussi, tu as eu vent de cela. Allez, ne me cache rien, dis-moi ce que tu as appris !

– Tu sais, pendant le procès, on a entendu tellement d'horreurs, de bêtises et de mensonges. Mais moi, je n'y ai pas cru.

– Ils ont mentionné quelqu'un ?

– Pas que je sache. Et à qui penses-tu donc ? »

Il rit, d'un rire sec et malheureux : « Tu parles comme si tu me demandais l'heure. D'après ce que je sais, ce pourrait être Tørris Vangdal. En tout cas, c'est ce que je craignais quand j'étais petit. De temps en temps, j'avais l'impression de le lire dans les yeux de maman, dans ceux d'autres personnes aussi et même dans ceux de Tørris. Tu trouves ça horrible ? Eh bien, c'est tout à fait mon avis et ça l'a toujours été. »

Il se remit à rire.

« Je me rappelle un jour à l'école. Un des garçons était furieux contre moi et a hurlé : "Ce n'est pas ton père qui est ton père !" Comme j'étais plus grand, je l'ai pris au collet et l'ai serré très fort. Il a alors pleurniché : "Si, c'est bien ton père." Mais lorsque je l'ai envoyé valser, il a crié : "Demande donc à ta mère !" Et les autres garçons n'ont rien dit tellement c'était vrai.

– Et, pourtant, ce n'est pas vrai.

– Oui, mais il va falloir que j'en aie le cœur net avant de partir.

– Mais est-ce que tu es vraiment *obligé* de partir ? »

La peur qu'il lisait dans ses yeux révélait bien des choses.

Du grenier leur parvenaient des bruits. Leur père n'était pas encore couché. Il lui demanda de jouer quelque chose, mais elle secoua la tête. À peine entendrait-il le piano qu'il arriverait. Il songerait immédiatement à la morte.

Ils décidèrent alors de sortir et restèrent dehors dans le silence nocturne. Du fjord leur parvenait le cri de la sterne, et quelque part dans le champ stridulait un criquet.

Ils virent soudain arriver Henrik. Il venait de chez le forgeron où il était allé chercher une pièce pour la faucheuse.

« Tu ne te reposes donc jamais ? s'enquit Brynjar.

– Moi ? s'étonna-t-il. Mais je me repose la nuit. Il m'arrive de passer le tiers de mes journées au lit. Non, mais tu te rends compte, gaspiller au lit le tiers de mon temps ! Merde alors !

– Mais maintenant tu travailles pour ton compte. »

Alors, après avoir laissé son regard vagabonder un peu, Henrik sourit et lâcha : « Ce n'est pas évident, mais tout vient à point à qui sait attendre. »

Là-dessus il rentra pour aller dormir un peu.

Non pas qu'il eût besoin de réfléchir pour savoir qui était son père. En vérité, il ne réfléchissait jamais à rien. Que peut bien savoir quelqu'un comme lui, et que peut-il bien ne *pas* savoir ? Brynjar regarda sa sœur.

« Il va falloir que tu attendes, Turid », dit-il.

L'angoisse la fit sortir de ses gonds.

« Toi non plus tu ne me crois pas en assez bonne santé pour me marier ? Mais je suis en bonne santé, et je me moque de ce que tout le monde peut bien raconter. Si seulement il n'y avait pas cette histoire de père », ajouta-t-elle peu après.

DANS LE CANTON

Le lendemain, à peine s'était-il réveillé dans sa mansarde et son lit d'autrefois qu'il s'interrogea sur la culpabilité de son père. Et, au même moment, l'entendant se retourner dans le lit de la pièce contiguë, il eut la conviction que c'était lui le meurtrier. Pourtant, ce n'était pas aussi terrible qu'il l'aurait cru. Il se voyait très bien vivre toute sa vie sous le même toit, pour ainsi dire aux côtés d'un criminel. À moins qu'il ne décidât de reprendre la mer pour vivre comme avant ?

C'était cependant hors de question, puisqu'il s'était juré d'affronter les gens de son canton, d'affronter *la vérité*. Et il comptait s'y mettre le jour même.

De plus, il y avait son frère et sa sœur auxquels il ne s'était guère intéressé jusqu'ici. Toute cette période, il l'avait vécue en homme pauvre et indépendant, sans d'ailleurs bien savoir quel homme il avait véritablement été.

Tandis qu'il prenait son petit déjeuner avec Turid, il vit derrière la fenêtre une silhouette masculine qui allongeait le cou pour les voir. C'était un jeune homme dont le bas du visage était entouré de poils blonds frisottés ; il souriait de toutes ses dents mais se détourna quand Brynjar le regarda.

« C'est Mattias, dit Turid. Il n'arrête pas de traîner par ici. Les gens disent qu'il est la dent de sagesse de Tørris Vangdal. Il l'a accueilli chez lui comme si c'était son fils. Il est tout sauf méchant. »

Là-dessus, elle se leva et lui fit un signe de la main ; débordant de joie ou de tristesse, Mattias fit alors quelques pas de danse avant de s'en aller clopin-clopant. Mais, de temps en temps, il se retournait et se remettait à danser lorsque Turid agitait la main dans sa direction.

« Alors, c'est toi qu'il poursuit ?

– Seulement depuis que la catastrophe s'est produite. Avant, il n'osait pas venir. Il y a des moments où il chante et récite des poèmes complètement loufoques. À ce qu'on dit, il connaît sa Bible sur le bout des doigts, ce qui ne l'empêche pas d'être toujours aussi cinglé. D'ailleurs, je me demande s'il est vraiment cinglé, mais c'est quand même un drôle de type. »

Préférant passer à autre chose, Brynjar demanda ce qu'étaient devenues ses anciennes connaissances, en particulier Ingolf qui, dans son enfance, avait été berger à la ferme avant d'y trouver un emploi fixe. Il avait quelques années de plus que Brynjar, et ils se considéraient comme des frères.

À présent, Ingolf était marié et il habitait tantôt ici tantôt là. Ces derniers temps, il avait de nouveau travaillé à Bjørholt, et c'est pour cette raison, précisa Turid, qu'il était là au moment où leur mère était morte.

Brynjar décida alors d'aller le voir et le trouva devant chez lui.

« Il faut que je te parle, lui dit-il, d'abord à toi. Après j'irai voir les autres. »

Ingolf commença par le regarder d'un œil torve puis, s'étant redressé, lui lança un sourire plein de mépris. Pour Brynjar, c'était maintenant un étranger.

« Alors, tu t'es lancé dans le vaste monde. Et te voilà devenu un solide gaillard. Si je comprends bien, les Bjørholt ont aussi voulu conquérir la mer. Mais dis-moi, tu n'as donc pas été torpillé ?

– Si, deux fois même. Et les deux fois en mer du Nord sur le même trajet. Ça fait beaucoup pour un pauvre bougre. Mais notre honneur est sauf et même notre vie, du moins pour certains d'entre nous. Et, comme on m'a appris que l'honneur c'est plus que la vie, eh bien je suis venu te voir aujourd'hui.

– Tiens donc. Tu es venu me voir aujourd'hui. Ouais, ouais.

– Oui, car ce qui s'est passé ici est encore pire que la guerre. Et ce que je sais, c'est que *toi* tu pourrais peut-être m'éclairer un peu. »

Furieux, Ingolf regarda Brynjar d'un air incrédule : Fallait-il qu'il soit bête !

« T'éclairer ? Mais je ne vois vraiment pas ce qui pourrait m'y obliger. D'ailleurs, je n'ai rien à te dire que tu ne saches déjà. Tu n'as donc pas lu les journaux ? »

Mais Brynjar se mit à poser des questions, et l'autre accepta peu à peu de répondre.

« Oui, le hasard a voulu qu'à ce moment-là je travaille à la ferme. Chez ma mère et mon père nourriciers. Tu vois, ça n'a pas changé. Je suis toujours l'esclave. Non, elle, je ne l'ai pas vue sortir ce soir-là. Faut pas m'en vouloir. Cela dit, j'ai malheureusement vu Torberg se faufiler sur le chemin, il faisait assez clair ; j'étais couché dans la soupente des domestiques, près de la fenêtre. C'était un bon bout de temps après le départ d'Arna. Tout ça, je l'ai dit au tribunal. Mais je n'ai rien pu dire sur son retour, pour la bonne raison qu'à ce moment-là je dormais. Évidemment, je ne pouvais pas savoir qu'on se poserait ensuite des questions. Demande donc plutôt à votre vieille bonne, la Dåret, ça m'étonnerait bien qu'elle ne soit pas au courant. »

Brynjar continua de l'interroger.

« Bien sûr que tu as envie de savoir, ricana l'autre, bien sûr. Ça se comprend. »

Mais, peu à peu, il répondit avec plus d'empressement. Le regard baissé comme un petit garçon, il creusait le sol de ses talons.

« Non, je serais incapable de te dire qui a été le premier à soupçonner ton père. Par contre, j'ai mon idée sur celui qui en a parlé le premier à la police. Mais ça, il va falloir que tu t'arranges pour le trouver tout seul. Et ce sera à toi de décider de la vengeance.

Tu vois, les gens, ils ont trouvé que c'était un peu bizarre, pas très naturel, quoi. Tu n'auras qu'à y réfléchir un peu quand tu auras le temps. Donc, ce soir-là, voilà Arna qui sort de chez Ane-Margit. Elle est en pleine forme, la route est toute plate, et le temps on ne peut plus clair. Or, à peu près au même moment, Torberg part de chez lui pour aller à sa rencontre. Tu me suis ? Ce qui est sûr, c'est qu'on ne l'a pas vu pendant plusieurs heures, alors qu'en coupant à travers champs on en a tout au plus pour une demi-heure de trajet. Seulement, il est revenu à la ferme sans du tout se presser. Et le lendemain matin, il n'a absolument pas eu l'air étonné quand on est venu lui dire qu'on l'avait retrouvée tout près de la route. Bien sûr que j'ai dû témoigner. Et je n'allais pas non plus faire un faux témoignage ? Quand le docteur a constaté la blessure au crâne, il a commencé à se poser des questions. Les deux ensemble, ça faisait vraiment trop curieux.

Ce que je crois ? Mais je ne crois rien du tout. Oh que non ! Et Torberg, je n'ai jamais été son ennemi. En revanche, j'ai été son esclave, ça c'est certain, à la fois son esclave salarié et non salarié, c'est vrai. Mais il n'était pas pire que les autres. Et moi, je n'ai fait que répondre aux questions qu'on m'a posées. Je suis prêt à le jurer. Et si j'ai répondu comme un idiot, c'est sans doute qu'on m'a posé des questions idiotes.

Et si tu persistes à me demander ce que je crois, je te dirai que ma seule croyance, c'est celle qui m'a été inculquée à l'école. Ça représentait plusieurs pages du livre mais, depuis sept ans, tout ça s'est effacé. Et puis, tu veux me dire un peu ce que j'ai à voir avec tout ça ? Moi, le Torberg Bjørholt, *je* ne le connais pas. Absolument pas. Et il n'y en a pas beaucoup qui le connaissent. J'en ai bien peur. D'ailleurs, si ça se trouve, il est innocent. De toute façon, j'en ai vraiment rien à foutre ! Hein ? Ç'a toujours été un type à part, tu le sais aussi bien que moi. Il se sentait supérieur à nous et, au fond de lui-même, il trouvait toujours une bonne raison de se moquer de nous. Ça peut être drôlement dangereux de vouloir monter si haut. Moi, je ne m'y suis jamais risqué. Mais, comprends-moi bien, ce n'est pas pour ça que je l'accable.

Voilà, j'ai dit ce que j'avais à dire. Quant à l'Ane-Margit, eh bien, elle se tait. Et pourtant, elle et ta mère, il n'y avait pas de meilleures amies. Oui, elle se tait. Elle était trop malade pour qu'on puisse l'interroger. Et dès qu'on voudra l'interroger, elle sera encore trop malade. Ce qu'elle sait, elle le garde pour elle. C'est bien son droit, non ? Et Torberg, il se tait encore plus. Lui aussi, c'est bien son droit. Pas vrai ? Il y en a qui disent qu'il s'est endurci, qu'il a le cœur et le corps complètement endurcis. En tout cas, il se tait.

Si tes parents s'entendaient ? Pour sûr, on aurait dit de jeunes mariés. »

Ingolf était devenu grave mais, à cette évocation, il ne put s'empêcher de rire.

« Oui, de jeunes mariés, et ç'a duré jusqu'à la fin ! On n'a jamais rien vu de pareil, du moins chez les gens ordinaires. Et, pour certains, ça faisait partie des indices qu'on pouvait retenir contre lui. Bon, ce mot-là tu ne l'as peut-être jamais entendu, mais je peux te dire qu'en ce moment il est dans toutes les bouches. Eh oui, ils ont trouvé qu'ici, à la campagne, ce n'était pas naturel un amour aussi fou entre mari et femme. Un état de crise aussi prolongé. Et, bon Dieu de bon Dieu, c'est ma foi vrai. Ça finit forcément mal.

Songe qu'un jour Arna s'est évanouie rien que parce que Torberg lui avait fait une remarque. Parfaitement, elle s'est écroulée. Elle voulait aller chez Dina, la sœur de ton père, pour apporter je ne sais quoi. Mais lui, Torberg, il n'aimait pas qu'elle aille la voir. À ce qu'on raconte, il les soupçonnait de partager un secret. Peut-être un souvenir ou je ne sais trop quelle bêtise. Si ça se trouve, elles avaient été amoureuses du même type. Tu sais ce que c'est, les femmes ! Mais, bon Dieu, et même si ta mère avait été amoureuse d'un type avant ton temps, si je puis dire ? Ça fait partie de la vie, ces choses-là ! Ce qu'*il* a dit à ce moment-là, personne ne l'a entendu, mais ç'a dû faire drôlement mal puisqu'elle s'est écroulée devant mes yeux. À l'époque, je n'étais encore qu'un gamin. Quant à toi, tu étais bien trop petit pour comprendre. À moins que tu ne t'en souviennes ? Non, pas de ça. En fait, tout ce micmac, moi je m'en fiche et m'en contrefiche.

Et le Torberg, tu sais ce qu'il a fait à ce moment-là ? Il est parti de chez lui pour prendre son bateau ou aller dans la forêt, lui seul le sait. En tout cas, il n'est pas revenu avant la nuit. Lui qui ne faisait jamais un pas sans avertir sa femme. Oui, il y a des moments où il peut être très dur. Sinon, il ne se tairait pas comme il le fait maintenant. Et ce serait peut-être plus facile pour les enquêteurs de retrouver le coupable. »

Il n'a encore jamais dit *ton* père. Il a toujours parlé de Torberg, pensa soudainement Brynjar. Mais c'est fou ce qu'il sait cet homme ! À l'entendre, c'est *forcément* papa le meurtrier.

« Voyons, ce n'est pas la peine de t'inquiéter, dit alors Ingolf d'un ton réconfortant. On finira bien par le trouver, le meurtrier. Tôt ou tard. C'est toujours comme ça.

– Mais est-ce que maman était si malheureuse que ça ?

– Pour tout dire, je n'en ai pas la moindre idée. En fait, elle était peut-être trop heureuse. Ce qui est sûr, en tout cas, c'est qu'elle était bien trop bonne pour ce monde où *nous* vivons. Et ça, au moins, tu dois bien te le rappeler ? Bien trop bonne, je le dis comme je le pense. Le dimanche, elle allait à l'église avec tout le troupeau. Mais ce n'était vraiment pas sa place.

Un jour, Torberg a escaladé les rochers pour aller chercher un bouc qui était resté bloqué là-haut. Et ce jour-là aussi, elle s'est évanouie dès qu'elle l'a vu. Il faut dire qu'il avait l'air d'un vrai fou. Il n'avait pas pris de corde et on le voyait en plein ciel, tenant son bouc au-dessus du vide.

Et puis je l'ai surprise plusieurs fois en train de pleurer toute seule. Eh oui, je l'ai vue et bien vue. Un autre jour elle s'est écroulée et s'est mise à trembler de tous ses membres ; du grand spectacle. Nous ne savions absolument pas quoi faire. À notre avis, il n'y avait qu'une solution possible : *l'asile.* Au minimum. Non, elle n'avait pas sa place parmi nous.

Lui, je le connaissais moins bien. Mais ça ne m'étonne pas du tout qu'il soit tombé amoureux *d'elle.* À ce qu'on m'a dit ç'a été un coup dur pour lui. Comment va-t-il maintenant ?

D'ailleurs, j'aimerais bien que tu me dises pourquoi tu es venu me parler. »

Sans réfléchir, mais soudainement transi, Brynjar lâcha tout à trac : « Est-ce que tu peux me dire si Torberg *est* vraiment mon père ? »

Loin d'être effrayé par la question, Ingolf se mit à rire. « En voilà une idée ! Ma parole, tu as dû te faire torpiller une fois de trop. Allons, dis-toi bien qu'ici tu es sur le plancher des vaches et que tu n'as absolument rien à craindre.

– Du moment que je ne me fais pas torpiller une bonne fois pour toutes avant d'en avoir terminé…

– Tu ne t'imagines quand même pas que ta mère ait pu faire une chose pareille ? Bien sûr, un malheur est toujours possible, mais là je t'arrête tout de suite : c'est non ! Ça, je peux te dire que si j'étais son fils, il ne faudrait pas qu'on s'amuse à colporter des ragots de ce genre. S'il fallait se mettre à croire ce type d'histoires, on n'en finirait jamais. Tant qu'à faire, pourquoi ne pas croire que c'est ton père qui a assassiné ta mère, que c'est lui le coupable ? Qu'en la voyant dans la forêt cette nuit-là, il a été pris d'un coup de folie ? Non, je ne vois vraiment pas ce qui pourrait te faire croire ça. Vraiment pas. »

Frappé par tout ce qu'il y avait de vrai, de mensonger ou d'autre chose dans ce propos, Brynjar scruta son interlocuteur. Papa est innocent, se dit-il. Je le sais. Mais qu'est-ce qui me prend ? Il faut vraiment que je sois bête pour parler de tout ça à quelqu'un. Et à un *ami d'enfance* par-dessus le marché.

« Et toi, pendant ce temps-là, tu as parcouru le vaste monde, soupira Ingolf. Il n'y a pas à dire, tu as choisi le bon moment. C'est quand on est loin qu'on est le mieux, disent ceux qui ont essayé.

Mais il faut quand même bien reconnaître que là-bas aussi il s'est passé pas mal de choses.

Et Turid, comment va-t-elle ? Elle, je la plains. Mais, ma parole, tu deviens tout gris. Qu'est-ce qui t'arrive maintenant ? Faut pas t'en faire comme ça, mon gars. Toi non plus, tu n'es pas assez fort pour supporter tout ça. Mais tu sais, il suffit d'attendre ; ça finira bien par s'arranger, c'est moi qui te le dis. Allez, entre, on va se prendre une tasse de café. Entre vieux amis. Ma femme est partie. Elle est allée trimer pour les autres, comme d'habitude. Mais on va s'arranger. Allez, viens. Avec toutes ces salades que tu m'as forcé à te raconter, j'ai la chair de poule. Allez, entre !

– Mais je ne te demande qu'une chose : est-ce que mon père est coupable ou non ?

– Mais tais-toi donc ! Ma parole, un vrai gamin ! Ce n'est pas possible de pleurnicher comme ça ! »

À présent, Ingolf lui tenait la porte pour qu'il entre. Et Brynjar sourit en franchissant le seuil car il n'en revenait pas d'obéir de la sorte. Pourtant, c'était bien ce qu'il faisait.

LE TÉMOIGNAGE DE TANTE DINA

Il ne dit rien à Turid, ni le soir, ni le lendemain matin avant de partir. Contrairement à ce qu'elle avait espéré, il n'avait rien à lui révéler.

Il fallait d'abord qu'il rencontre les autres membres de la famille, en particulier sa tante Dina qu'il n'avait pourtant aucune envie de voir. Bonne, honnête, unanimement respectée, celle-ci ne s'écartait jamais du droit chemin tracé par Dieu et les honnêtes gens. C'était d'ailleurs pour cette raison qu'il avait les jambes un peu flageolantes chaque fois qu'il allait la voir. Mais cette âme juste, qui ne penchait jamais du mauvais côté, était exactement celle dont il avait maintenant besoin ; car, au-delà de son cas personnel, il estimait que la question touchait à l'homme en général. Et puis, elle et sa mère avaient été très bonnes amies, il s'en souvenait encore.

Il avait déjà pris la mer lorsqu'elle s'était mariée et, à cette époque, elle n'avait pas loin de cinquante ans. Maintenant qu'il allait la revoir, il se la rappelait telle qu'elle était la dernière fois qu'il lui avait serré la main ; on ne pouvait rêver mieux que cette fille de Vangdal exceptionnellement belle et soignée. Pourtant, personne ne voulait d'elle, aucun de ceux qui auraient pu se mettre sur les rangs. Ils refusaient tout net. Dina la pucelle, avait persiflé l'un d'eux. Finalement, il s'était quand même trouvé quelqu'un pour la prendre : un veuf qui colportait des peaux de vache. Certes, ce métier laissait à désirer mais elle n'avait pas tardé à y mettre bon ordre, le rivant à son magasin pour en faire un respectable commerçant.

Elle n'avait rien perdu de sa dignité et lorsqu'elle le pria de s'asseoir, il eut l'impression de se trouver en face d'un supérieur. Même dans sa manière de poser ses mains sur ses genoux, il y avait quelque chose de compassé. Mais il n'entendait pas se laisser impressionner, il n'était pas venu pour cela.

Et c'est sans ambages qu'il lui demanda si elle croyait son père coupable. Gardant le silence, elle le fixa un court moment. Elle avait beau rester digne, il voyait bien qu'elle était profondément troublée.

« Vous savez bien l'atmosphère qui règne maintenant à la maison, ajouta-t-il.

– Certes oui, mon pauvre. Ne m'en parle pas. Que d'épreuves ! Notre tour est venu, nous n'y pouvons rien. À nous d'en tirer la leçon et de nous montrer patients. Eh oui, Brynjar. Ce fardeau qu'Il nous impose, il faut le porter avec humilité et reconnaissance. »

Et soudain, elle n'y tint plus. D'indignation, elle eut un petit rire : « Certes oui ! Ç'a été l'idylle à Vangdal. C'est bien la première fois que la ferme de Bjørholt est à pareille fête ! Ç'a dû te faire un plaisir fou de trouver cette situation. Ah ça, crois-moi, il aurait mieux valu que nous soyons tous à cent pieds sous terre pour oublier toutes ces histoires de famille et d'honneur. Qui aurait pu imaginer chose pareille ? Hum ! hum ! hum ! On dit que chacun est responsable de son malheur. Eh bien moi, je n'y crois plus. Car je ne comprends pas ce que nous avons pu faire de mal, nous les gens de Vangdal. Pourquoi a-t-il fallu que nous subissions tout cela ?

Mais, Brynjar, je t'en prie, surtout pas de précipitation. Sois prudent, autant que nous l'avons tous été jusqu'ici. N'oublie pas qu'il faut honorer et respecter ses parents. Et rappelle-toi aussi que, pour un innocent, la souffrance ne compte pas. Ne l'oublie surtout pas…

– Mais je suis justement venu pour m'assurer de l'innocence de papa.

– Comment oses-tu me dire ça ! Vraiment ! Je croyais que *toi* au moins tu ne te posais pas de questions. Penser ça de lui ! Ton propre père, Brynjar ! Et quel père ! Quand j'étais jeune, tu ne peux pas savoir combien j'étais fière d'être sa sœur. Je remerciais Dieu de me l'avoir donné et de l'avoir fait comme il était. Eh oui, c'était comme ça. Et pour lui, je représentais tout autant.

Tu vas me dire que tout ça, c'est du passé ? Oui, mais rien n'a changé et nous non plus. D'ailleurs il a été acquitté. Alors, mon enfant, je te le demande, ne t'occupe plus de cette affaire. Mais je suis quand même bien contente que tu sois venu me voir ; que tu ne te sois pas tourné vers d'autres. Dis-toi bien que s'il y a quelqu'un qui le connaît, c'est moi. Et si moi je l'acquitte, tu peux bien faire de même. Personne n'a été plus proche de Torberg que moi.

Ta mère ? Oui, bien sûr. Mais ta mère est morte à présent, ne parlons plus d'elle. Elle est en paix là où elle repose, et mieux vaut la laisser reposer en paix. Rappelle-toi que nous n'avons pas à juger les morts. Ta mère était assurément quelqu'un de très bien. Tout le monde est d'accord. Je n'ai jamais rien dit de mal sur elle. J'ai sans doute mes défauts et peut-être avait-elle aussi les siens ; en tout cas, *moi*, je ne la connaissais pas. Mais il faut croire que ton père la connaissait bien.

– Pourtant, vous étiez très amies, vous et ma mère ?

– Qu'est-ce qui te fait dire ça ? C'est ce que racontent les gens ? Oui, oui. Il y a eu une époque où nous l'avons été. Mais ça fait bien longtemps. Nous étions assez différentes l'une de l'autre. Oui, effectivement, j'aimais bien Arna et je pensais du bien d'elle, oui, c'est vrai ; et pourtant, elle m'avait pris mon frère. C'est le genre d'expérience que tu n'as pas encore fait. La vie nous apprend tellement de choses, ne l'oublie pas, Brynjar, et rends grâce à Dieu.

C'est sûr, ta mère avait beaucoup de qualités. Sinon, jamais Torberg ne se serait ainsi donné à elle. Tu sais bien que s'il a renoncé à la mer et au commerce du bois, c'est à cause d'elle, et pourtant ça marchait bien. C'est lui qui a remis sur pied la ferme de Bjørholt. Et, après son mariage, il n'a plus jamais touché à l'alcool. Ça aussi c'était un sacrifice qu'il a fait pour elle. Ce n'est pas sûr qu'elle l'ait compris. Oui, il était comme ça, il voulait tout sacrifier à celle qu'il aimait. C'est notre nature à nous, les gens de Bjørholt.

Et tu oserais soupçonner un homme pareil ? Allons donc, *s'il* avait fait quelque chose de mal, s'il avait commis une mauvaise action dans une minute d'égarement, il l'aurait tellement regretté qu'il serait venu se confier à moi. J'en suis absolument certaine.

Bien sûr, ça n'a pas toujours été facile pour lui ; mais il n'en a jamais parlé à personne. Et Dieu seul sait ce qui le tourmentait à certains moments. Un jour, il a soulevé une enclume et l'a projetée à travers une cloison de bois. Ça s'est même passé pendant une vente aux enchères, au cours de l'année qui a suivi son mariage. Et, comme je te l'ai dit, il ne buvait jamais. Il a dû subitement penser à quelque chose de désagréable, ce qui est quand même assez fréquent.

Lorsqu'il a comparu en jugement, on a naturellement ressorti cette histoire. Ah ça, n'aie crainte, ils n'ont pas manqué d'en parler, sans compter le reste. Les habitants du canton ont toujours été jaloux de nous, les gens de Bjørholt.

Particulièrement Torberg qu'ils trouvent un peu trop hautain à leur goût. Dis-toi bien que ce *sont* de petites gens, mais ce n'est pas leur faute. Et surtout ne t'enflamme pas. Surtout pas. Oui, Brynjar, ça n'a jamais été notre genre de nous révolter ou de semer la zizanie dans le canton. Ne l'oublie pas et n'oublie pas non plus de remercier Dieu qui nous a permis de surmonter cette épreuve. Bon, et maintenant il serait temps que je te présente mon mari, il est dans son magasin. »

Il la retint cependant pour lui demander si elle était allée en ville assister au procès de son père.

« Oui, j'y suis allée. Seulement j'étais la seule de la famille. Les autres sont restés à la maison. Il faut croire qu'ils avaient honte, oui, j'en ai bien peur. Mais pas moi. J'étais convaincue que la justice finirait par triompher. Quand même, je n'aurais jamais cru que tant de gens s'acharneraient contre lui. Un essaim de mouches, un vrai bataillon de fourmis. Et l'un racontait ceci, et l'autre racontait cela. Je n'en croyais pas mes oreilles. Ce n'est pas possible, les gens doivent bien se rendre compte qu'ils mentent, disais-je. C'était tellement criant.

Du coup Torberg a préféré se taire. Et moi, j'aurais fait exactement comme lui.

Non, vraiment, je ne vois pas ce qu'on pourrait dire de plus à propos de ta mère.

Ah si : avant de se marier, elle était au service de Tørris. En fait non, elle n'était pas à son service. Dans la ferme, on la considérait plutôt comme une fille adoptive. Oh, non, on n'a pas dit grand-chose sur elle. C'était Torberg qu'on voulait abattre. Et il y a même eu un de nos gens, Haldor, qui est venu témoigner ; d'après lui, Torberg aurait dit juste avant la mort d'Arna que le mariage était peut-être sacré mais que ce n'était pas le cas de la femme. Et lui, Haldor, ça lui avait donné à réfléchir. Mais rappelle-toi que Torberg disait souvent des choses que les gens ne comprenaient pas. Nous le savons tous. Et l'autre, le pauvret, sa conscience lui interdisait de se taire. Comme conscience, on fait mieux ! Voilà ce que j'en dis, *moi* ! »

Elle ne veut plus parler de maman, se dit Brynjar. Elle cache ce que je voudrais savoir. C'est quand même une drôle de manière de dire la vérité ! Elle continua cependant : « Tu ne peux pas savoir tout ce qu'ils ont ressorti ! Et même des histoires de jeunesse, spécialement une dont tu n'as pas entendu parler et dont il aurait mieux valu que tu n'entendes jamais parler : à une époque, des gens ont cru que ton père avait joué un sale tour à Tørris. À les croire il aurait profité d'un jour de tempête pour démarrer son bateau du quai et lui faire heurter celui de Tørris. En tout cas, les deux bateaux ont dérivé ensemble et se sont ensuite fracassés. Tørris était à bord. Bien sûr, il a réussi à en réchapper. N'empêche qu'aux yeux des gens, c'était une sorte de meurtre. Et puis, à ce qu'ils disaient, Torberg avait assuré son bateau pour une grosse somme. Ce qu'ils semblaient ignorer, c'est que Tørris avait lui aussi assuré le sien et pour une somme encore plus importante.

Eh oui, voilà comment ils sont. Du moins certains d'entre eux. Alors bien sûr, comme cette histoire pouvait lui porter tort, ils n'ont pas manqué de la resservir. Et dire que, dans mon souvenir, Torberg n'était même pas là au moment du naufrage.

Eh bien pour moi, ces gens-là, c'est de la racaille, de la vermine, ce ne sont pas des hommes. Il aurait fallu les étrangler à la naissance et les renvoyer d'où ils venaient. Seigneur, qu'est-ce que je dis là ! C'est tout le contraire de ce que je pense. En fait, il faut se montrer indulgent et rendre grâce à Dieu qui nous en laisse la possibilité.

Quand même, c'est fou ce qu'on a pu jaser dans le canton ! Mais il n'y avait pas un mot de vrai. Quant aux gens de chez vous, ils n'ont pas ouvert la bouche. La Dåret, elle n'a pas arrêté de pleurer pendant toutes les audiences, à croire qu'elle était complice. Ce qu'elle aurait dû faire, c'est se lever pour témoigner hautement en sa faveur. Et Ane-Margit donc, elle qui se disait une amie de ta mère : eh bien, elle s'est fait porter malade ! D'ailleurs, elle est encore couchée. Et puis il y a eu tous les autres : ah, si j'avais pu un seul instant guider la main de Dieu !

Doux Jésus, c'est qu'on en commettrait des péchés rien qu'en se rappelant tout ça. Bon, mais c'est maintenant terminé. N'y pensons plus. »

Brynjar se leva pour partir. Dès le début il s'était senti glacé.

« Il a fallu que vous me parliez de maman pour que je m'intéresse vraiment à elle. C'est tout ce que vous avez à me dire sur elle ? Je vais donc repartir sans rien savoir de plus ? »

Secouant la tête, elle répondit avec douceur et gravité : « Mais mon cher, tu ne te rends pas compte de ce que tu dis. Qu'est-ce que tu voudrais que je te raconte ? Torberg et elle ont vécu paisiblement jusqu'à la fin. Où qu'elle soit et qui qu'elle ait été, elle repose maintenant en paix. On ne peut pas dire qu'en s'installant dans la ferme elle y ait apporté le bonheur. Mais ce n'est pas pour autant qu'il faut lui reprocher de nous avoir couverts d'opprobre. Et les enfants n'ont pas à juger leur mère, Brynjar. Ils doivent honorer leurs parents.

Et, à ta place, c'est ce que je ferais, tu ne t'en porteras que mieux. »

Voilà donc comment parlent ou se taisent les gens, songea-t-il, voilà comme ils sont ! Est-ce qu'il n'y a vraiment rien à faire pour les changer ?

« Franchement, tu ferais mieux de penser à ta sœur Turid, continua-t-elle. Et Torberg aussi aurait dû penser un peu plus à elle. Une gamine en mauvaise santé qui se met en tête de se fiancer. Se fiancer à cet âge ! Non, vraiment, ce n'est pas notre genre.

Eh oui, nous avons traversé des moments bien difficiles. Mais nous connaîtrons des temps meilleurs. Tôt ou tard. Avec l'aide de Dieu. »

Brynjar dut aller saluer Hansen dans son magasin. Impossible d'y échapper.

Hansen était incroyablement petit mais tiré à quatre épingles. On aurait dit qu'elle venait de le laver et de le peigner. Il ne disait pas grand-chose mais n'en pensait pas moins. Les ayant regardés à tour de rôle, Brynjar se dit que la vie pouvait avoir des côtés amusants pour peu qu'on prenne le temps d'observer. Mais dans l'immédiat il n'en avait guère le loisir.

Alors qu'il s'apprêtait à partir, tante Dina lui dit : « J'aurais bien aimé que Torberg se confie à moi. Il en aurait eu bien besoin. Je voudrais que tu le lui dises. Maintenant qu'il est seul, il devrait quand même bien savoir où je suis et qui je suis.

– Je crois qu'il le sait, murmura Brynjar.

– Hum », fit Hansen.

LA VIEILLE BONNE DE LA FERME

De retour à la maison, il vit l'autre bonne entrer dans l'étable et décida d'en profiter pour parler à Dåret. Servant dans la ferme depuis vingt ans, elle faisait partie de la famille et avait pleuré d'émotion le jour où il était revenu.

Lorsqu'elle le vit s'asseoir devant elle pour l'interroger, elle se laissa glisser sur une chaise en l'implorant du regard. Et c'est seulement au bout d'un long moment qu'elle se décida à ouvrir la bouche.

« Je ne sais absolument rien, mon enfant, je le jure. Et puis je n'ai pas non plus d'opinion. Je l'ai déjà dit au tribunal devant Dieu et les hommes. On m'a forcée à venir, oui, on m'a forcée, c'est le mot. Comme si on ne pouvait pas laisser en paix la pauvrette que je suis. Non, Brynjar, je ne peux vraiment pas t'aider ; je ne comprends même pas ce que tu veux. Je ne comprends pas.

Et qu'est-ce que tu as besoin de me poser toutes ces questions ? Tu sais bien que je ne *peux* pas y répondre. Tu es encore pire que les autorités. Moi j'étais là, c'est tout ce que je peux dire, je ne suis que la bonne. Je ne savais rien avant que la mort et les interrogatoires ne leur tombent dessus. Sur eux deux. Et sur nous tous ! »

Elle fondit en larmes puis, le regardant d'un air désemparé, s'efforça de sourire. Avant de se remettre à pleurer.

« Je ne savais rien, tu entends ? Rien du tout. Et pourtant, je sentais qu'il y *avait* quelque chose, je suis bien obligée de le reconnaître. Quelque chose de bizarre entre eux ; quelque chose qui m'a toujours frappée, même si je me disais que ça se passait sans doute comme ça chez les gens mariés. Mais sinon, je ne sais rien du tout ; crois-moi, je suis beaucoup trop bête ! Le mariage et tout le tremblement, c'était pour les autres, pas pour moi. Et d'ailleurs, je ne m'en suis jamais plainte. Le Torberg et l'Arna, on les aurait crus au paradis et c'est très bien comme ça. Non, vraiment, je n'y comprends rien du tout ! Car, c'est certain, il y avait quelque chose qui se préparait et, à mon avis, eux-mêmes s'en rendaient compte. Eh oui, voilà ce que j'en dis, moi que tu vois en train de briquer la maison.

Et puis, bête comme je suis, je me demande si, cet amour, il n'y en avait pas un peu de trop.

Songe donc : ce mari qui se lève dans la nuit noire et qui sort pieds nus dans la neige pour rester en plein froid, le regard braqué sur le chemin, complètement perdu parce que sa femme a passé la nuit ailleurs. Ce jour-là, elle était allée assister sa demi-sœur qui accouchait pour la première fois. Et lui, il restait là à scruter la colline, les communs ou je ne sais trop quoi. Et moi, je me demandais ce qui pouvait bien se passer. Ah ça, crois-moi, je ne voudrais plus me retrouver dans cette situation.

Non, ces choses-là, je n'y comprends goutte. Tu m'excuseras mais le mariage, on ne peut pas savoir ce que c'est tant qu'on n'en a pas fait l'expérience. Franchement, je préfère ne pas y penser. Et je ne parle pas du jour où il est parti escalader la montagne ! Moi j'étais ici dans la cuisine, la porte du salon n'était pas fermée ; à ce moment-là, j'ai entendu ta mère qui lui disait : "Si tu ne veux pas comprendre qui t'a joué ce tour, c'est moi qui ne vais plus te comprendre." Je ne savais pas du tout de quoi ils parlaient. J'ai seulement entendu ces mots-là.

D'abord il a gardé le silence, un silence qui m'a fait mal aux oreilles. Après quoi il a éclaté de rire, ah ça oui, bon Dieu de bon Dieu et puis, presque tout de suite après, il est sorti. Et c'est à ce moment-là qu'il s'est mis à escalader la montagne, là, à l'est de la ferme. Il y avait un bouc qui était resté coincé là-haut. Je crois que c'était le bouc de Tørris mais celui-là ou un autre, c'était du pareil au même. Ils avaient pris des cordes et se préparaient à monter quand soudain ils ont vu le Torberg qui se mettait à grimper devant eux et prenait le bouc à leur barbe. Oui, bon Dieu, on le voyait là-haut et tout le monde avait une peur bleue. Moi, ça m'a rendue malade.

Mais je serais incapable de te dire comment ta mère a pris la chose.

Oui, c'est quand même bizarre la manière dont ça se passe entre mari et femme. D'ailleurs, ça fait un certain temps que tout me paraît bizarre, oui, vraiment bizarre. »

Il fallait sans cesse que Brynjar l'encourage à parler. Mais, à un moment, elle rompit spontanément son silence.

« Bon Dieu, oui, il y a un jour dont je me souviens ! Je revenais de chez l'épicier et je m'apprêtais à ouvrir la porte de la maison pour entrer quand Torberg est sorti en trombe, comme s'il allait me passer sur le corps. Qu'est-ce qui t'arrive ? que je lui ai demandé. Mais il a fait celui qui n'entendait pas. Du coup, je lui ai barré la route en lui criant : "Arrête, Torberg ! Où est-ce que tu vas comme ça ?" Il faut te dire que j'étais assez ancienne dans la ferme pour me permettre de réagir comme ça.

"Ce n'est pas ton affaire" qu'il m'a répondu, mais il est quand même resté planté là à me regarder. Puis il a fini par avouer qu'il allait chercher le docteur pour Arna qui ne se sentait pas bien. "J'ai l'impression qu'elle n'en a plus pour longtemps" et, en me disant ça, il était pâle comme un mort, le Torberg.

Mais moi, j'ai réussi à la guérir bien avant l'arrivée du docteur. Pour qu'elle se rétablisse, il a suffi que je lui raconte dans quel état j'avais vu le Torberg et la manière dont il s'était précipité dehors. Et, dès qu'elle m'a entendue, elle s'est mise à sourire puis à rire. Et je peux t'assurer qu'elle n'avait plus du tout l'air malade. Ensuite, elle a pris une bouteille d'éther en me disant que c'était à cause de ça. Elle croyait sans doute qu'elle pourrait me berner. *Moi,* me berner ? Oh que non ! Il fallait vraiment qu'Arna ait l'esprit embrumé. Elle aurait dû se rappeler que je suis vieille et mauvaise. »

Brynjar avait toujours entendu raconter que Dåret disait du mal des gens. Mais, comme beaucoup d'autres, il pensait qu'elle ne mentait pas pour autant. Elle n'arrêtait pas de dire qu'elle était bête et que les gens bêtes, il fallait les laisser dire la vérité, c'était leur droit le plus strict. « La vérité, ce n'est pas moi qui la fais », avait-elle lancé un jour. Et il comprenait maintenant que si l'occasion s'en était présentée, elle n'aurait pas hésité à dire du bien des gens.

« Oui, en bonne santé. Pour sûr qu'elle était en bonne santé, Arna. N'empêche qu'après, on a tous eu l'impression qu'elle était devenue folle. Tu ne peux pas savoir de quelle manière elle a regardé Torberg quand il est revenu. Personne ne l'aurait reconnue. Et lui non plus, il ne l'a pas reconnue. Je le jurerais ! *Tu es donc au courant !* lui a-t-elle dit. Ou plutôt non, elle a crié, à moins qu'elle ait seulement chuchoté. En tout cas on l'a entendue. Dieu du ciel, ce que j'ai pu avoir peur ! Bon, cela dit, ton père n'était pas non plus très à l'aise. Mais il a quand même réagi en adulte. Il lui a seulement demandé ce qu'elle avait, puis il lui a parlé doucement en lui disant qu'il ne voyait pas de quoi on aurait pu le mettre au courant. Quant à moi, je serais incapable de te le dire. Ce que je me rappelle surtout, c'est que le docteur n'était pas là.

À partir de ce moment-là, Torberg est devenu tout songeur et ça a duré pas mal de temps. Jour et nuit il restait plongé dans ses pensées ; et pourtant, quand il était avec nous, il souriait, il plaisantait et racontait des bêtises. C'est comme ça qu'il était. Et puis, peu à peu, j'en suis venue à me dire que, ses pensées, c'était du vent et qu'il s'en fichait tout autant que de sa femme. Car les hommes, c'est impossible de vraiment les connaître. Ce sont eux qui commandent.

Bon Dieu oui que je me souviens de tout ça. Autour de nous, les gens s'étaient mis à travailler la terre, c'était l'époque où les bouleaux commençaient à éclore. Et pendant ce temps-là, ailleurs dans le monde, on se faisait la guerre. Mais chez nous, c'était comme ça que ça se passait. Le soir, quand on n'a rien fait de mal, il suffit de dormir pour oublier, même si, le lendemain matin, ça recommence de plus belle. Pourtant, ç'a quand même bien fini par passer.

Encore que pour eux deux, ç'ait duré vraiment très longtemps. À moins que ça n'ait jamais passé ; il y a certainement quelqu'un qui pourrait le dire. Sans doute qu'elle l'aimait trop pour être mariée avec lui, c'était ça que je pensais. À ma manière, je la plaignais ; vu son état, je me demande comment j'aurais pu faire autrement.

Moi, je ne la voyais pas, son extraordinaire beauté. Non. Tout ce que je voyais, c'est ce qu'elle représentait pour lui. Et j'ai beau être bête, je me rendais très bien compte que c'était dangereux d'avoir une femme comme elle à la maison, aussi dangereux que d'avoir de l'eau-de-vie, des objets volés ou je ne sais trop quoi du même genre.

Et *moi* qui croyais dur comme fer qu'il se pendrait si elle mourait. Eh bien, non ! Malgré tout ce qu'on a raconté, il ne s'est pas pendu. Pas plus qu'il n'a eu d'attaque. Il s'en est bien gardé. Pour sûr ! C'est toute seule qu'elle a dû s'en aller. Comme moi je m'en irai toute seule.

Et le jour où le bouc était là-haut, il ne s'est pas non plus jeté dans le vide. Et quand il est redescendu sain et sauf, j'ai entendu ta mère qui disait : “Non, il n'est pas encore au courant ! Que Dieu le bénisse !” Allez savoir ce qu'elle voulait dire, la pauvre âme. En fait, c'est plutôt elle qu'il aurait fallu bénir.

Franchement, je peux m'estimer heureuse d'avoir coupé à toutes ces choses. Des gens qui s'aiment à ce point-là, il leur arrive quand même de se mentir et de se voler. Et à ce qu'on m'a raconté, l'amour provoque la haine. Mais je le dis tout net, quand ça brûle à ce point-là, il ne faut pas qu'une femelle se marie. Et moi, même par un beau jour de soleil, je n'aurais jamais épousé quelqu'un d'aussi fier que Torberg.

– D'après vous il est donc innocent ? Du meurtre, je veux dire.

– Fi ! Tu n'as pas honte de parler comme ça ! Innocent ? D'abord, personne ne l'est ! et moi, je te l'ai déjà dit, je ne sais rien du tout. Mais Torberg, c'est impossible qu'il ait fait quelque chose de ce genre. Ce sont forcément des menteurs, ceux qui disent ça. »

Dåret hoqueta à nouveau puis se remit à pleurer. En l'entendant ainsi parler, Brynjar était transi. Et elle-même l'était certainement depuis des années. Sans oser s'en assurer, il sentait qu'elle avait mis ses chairs à vif avant de les saupoudrer de sel. À présent, il voyait ses parents qui, ici, tout près de lui, parlaient ou se taisaient. Et pourtant, jamais ils ne lui avaient paru aussi éloignés. Ils vivaient dans leur propre monde, un monde où personne ne pouvait pénétrer.

« Pauvre Turid, dit-il. Elle qui me fait confiance pour que je lui apprenne la vérité sur eux. Pour que je l'aide. Suis-je condamné à toujours lui dire que nous ne savons rien sur eux. Que, si ça se trouve, papa est un criminel, qu'il est cet époux assassin dont a parlé un journal. Pourquoi les gens sont-ils donc incapables de vider leur sac ? »

Dåret ne l'écoutait pas. Le regard fixe, elle s'efforçait vainement de redonner à son visage une expression normale.

« Si seulement je pouvais savoir ! soupirait-elle à part soi. Si seulement je pouvais savoir ce qu'elle allait faire chez l'Ane-Margit le dernier soir. Elle savait bien que le Torberg n'aimait pas qu'elle aille fricoter chez elle. Alors pourquoi est-ce qu'elle y est allée comme ça en cachette ? Hum ! Hum !

Tu penses qu'elle aurait eu un message à lui apporter ? Et donc un message qui ne serait pas arrivé ? En tout cas, je ne suis absolument pas au courant. *Moi,* je me suis occupée de mes affaires, un point c'est tout.

Mais il ne faut surtout pas se laisser aller au chagrin et au découragement. Des choses malheureuses, il faut bien qu'il s'en passe. Et puis quand même ! Ils ont eu leur quota de bonheur. Rien que la moitié aurait suffi ; et ça n'aurait pas coûté aussi cher.

Eh oui, va-t'en donc, l'entendit marmonner Brynjar en partant. Et, si tu ne sais pas mieux pécher que ça, tu nc dois pas avoir la vie bien drôle. Fichtre non. C'est ça, va t'en parler gentiment avec ta sœur. »

Turid vint à sa rencontre. Elle paraissait toute contente.

« Regarde ce que j'ai trouvé dans le coffret où maman rangeait ses lettres, lui lança-t-elle. Regarde ce qu'elle écrivait à papa un jour qu'il était sorti en mer. On ne peut pas dire qu'elle ait grand-chose à lui raconter. Mais tu sais bien comme tout lui paraissait difficile. »

C'était une vieille feuille de papier à lettres non datée.

Mon chéri, lisait-on. *Comme tu peux le constater, je viens de remplir une feuille entière avec trois fois rien, mais ce que j'aurais dû écrire je ne l'ai pas écrit ; il va pourtant falloir que je m'y mette. En vérité, ce serait depuis longtemps chose faite s'il ne s'était agi de* toi. *Mais tu représentes beaucoup trop pour moi. Tu es constamment là. Et, comme je ne connais personne qui soit comme moi, je me demande parfois si je n'ai pas l'esprit dérangé. Qu'est-ce que tu veux, je ne vois que des gens raisonnables. À mon sens, c'est la punition que j'ai subie pour avoir fait un jour fausse route. Je te raconterai plus tard dans quelles circonstances. Mais je ne savais pas ce que je faisais, et j'ai laissé les choses suivre leur cours car j'étais convaincue qu'en m'engageant dans cette voie je ne faisais que suivre la volonté de Dieu et de tout le monde.*

Je souffre à l'idée que tu ne sais rien. Que toi *tu ne sais rien. Mais que se passera-t-il quand tu sauras ? Que se passera-t-il ? Tu t'en feras peut-être une montagne, alors que moi, ça me paraît au fond sans importance. Et je me suis dit que jamais il ne faudrait te mettre au courant.*

Et d'ailleurs où en sommes-nous, tous les deux ? Nous qui n'arrivons jamais à nous parler *!*

Mais advienne que pourra. Ce fardeau, je ne peux plus le porter seule. C'est pour toi que je l'ai porté car j'ai senti à quel point cela te ferait souffrir, et moi je voulais précisément éviter que tu souffres. Oh ! Comme j'ai eu peur *! Tu vas croire des choses qui ne sont pas, tu vas croire* qu'il *a pris une part de mon cœur puisque…*

Suivaient quelques mots qui avaient été rayés. Puis la lettre continuait :

Mais je ne pourrai être punie qu'après avoir vu à quel point tu es touché. Toi que, même au prix d'une punition éternelle, je voulais épargner.

Sur ces mots s'arrêtait la lettre qui n'avait jamais été expédiée.

Lorsque Brynjar leva les yeux, il vit à son visage que Turid éprouvait la même angoisse que lui : rien ne garantissait que cette lettre ait bien été destinée à leur père ; le monde était ainsi fait. Et si c'était lui le destinataire, qu'est-ce qu'elle voulait lui apprendre ? Brynjar se mit alors à rire. Voyant Dåret à proximité, il dit assez fort pour être entendu d'elle : « Comme disait l'autre : ils m'ont tout dit sur rien du tout. »

ANE-MARGIT

Ne pouvant parler avec Turid de ce qui lui taraudait l'esprit, Brynjar s'apprêta à partir. Mais soudain, c'est elle qui se mit à en parler. Avec la plus grande franchise. Et lui, la regardant sans vraiment l'écouter, songea que, pour oser s'exprimer ainsi sans baisser les yeux, il fallait qu'elle appartienne à une génération beaucoup plus jeune que la sienne.

« Je ne me suis pas étonnée que maman ait aimé un autre homme avant papa. Je ne vois vraiment pas ce qu'il y aurait de mal à ça ; c'est une situation très courante. De toute façon, tu sais bien que tu n'es pas le fils de Tørris ; ce serait aberrant. Il ne s'est rien passé, et puis papa et Tørris n'ont jamais été brouillés. Tu es d'accord, n'est-ce pas ?

Le mieux serait sans doute que tu ailles demander à Otte. À cette époque papa et lui étaient pratiquement inséparables. Oui, Otte Vangdal. Il habite maintenant à Rønningan. C'est papa qui l'a aidé à s'installer là-bas au moment de son mariage. Maman ne l'aimait pas. C'est vrai qu'il était un peu fou, mais moi je le trouve plutôt gentil et sympathique. Je suis sûre qu'il aurait des choses à nous raconter sur cette période, si tant est qu'il y ait vraiment quelque chose à raconter. Il suffirait peut-être d'un seul détail pour nous permettre de comprendre l'enchaînement des faits. C'est ce que je me suis dit ces derniers temps. Car il *faut* absolument que nous sachions. »

Brynjar soupira. Elle ignorait qu'à présent il se sentait fou de rage, qu'il regardait droit devant lui comme s'il allait revoir la scène où son père avait laissé filer son bateau pour tuer Tørris et que, derrière, il voyait se profiler une vérité plus noire. C'est ainsi qu'en voulant faire la lumière sur un événement, vous pouvez être amené à commettre un méfait et même à tuer. À son tour, il avait l'impression d'abriter en lui un meurtrier. Et jamais il ne pourrait s'en débarrasser, à moins de le tuer avec la vérité elle-même. Il *y a* des choses qui ont plus de valeur que la vie, sur terre aussi bien que sur mer.

Plus Brynjar prolongeait son séjour au pays, moins il reconnaissait Turid. Mais il fallait que quelqu'un l'aide. Il la dissuada ainsi de se rendre sur la tombe de leur mère : il faudrait attendre encore longtemps avant de se rendre au cimetière. Je me demande si les gens savent vraiment ce que c'est que d'aimer ses parents, se dit-il alors. Bien sûr, nous les aimons parce que nous nous aimons nous-mêmes mais, en fait, quel *sentiment* les gens éprouvent-ils ?

« Maman, je l'aimerais même si elle était déshonorée, lâcha-t-il.

– Moi aussi, répondit-elle au bord des larmes. Quant à papa je ne vois vraiment pas ce qui pourrait m'éloigner de lui.

– C'est aussi cc que je ressens. »

Maintenant que c'était dit et admis, il pouvait partir.

Il décida de filer directement chez Otte Vangdal, sachant qu'une fois sur place, il aurait un mal fou à faire dire à cet imbécile quelque chose de sensé. Mais alors qu'il passait devant chez Ane-Margit, il décida d'aller la voir.

À présent, elle allait suffisamment bien pour pouvoir se lever. Elle s'exclama.

« C'est fou ce que tu ressembles à ta mère ! Je n'ai encore jamais vu ça.

– J'aurais préféré ressembler à mon père », répliqua-t-il.

À ce moment elle entrouvrit mollement la bouche comme pour corriger un lapsus. Mais c'était uniquement un signe de maladie et d'hébétude.

« Même si c'est un assassin », ajouta-t-il.

À ces mots, elle se sentit mal et, paraissant vouloir le repousser des deux mains, se mit à gémir sans le quitter des yeux.

« Mais, bon Dieu, tu ne tournes pas rond, mon gars, se lamenta-t-elle.

– Oui, aujourd'hui, j'en ai bien peur. Car aujourd'hui, c'est pour ma mère que je suis là.

– Tu sais, ça fait bien longtemps que je suis couchée, Brynjar. Bien longtemps que je crache le sang et que j'endure toutes sortes de misères. J'ai failli mourir, Brynjar.

– Vous avez bien connu maman. Si je me rappelle bien, vous étiez non seulement cousines mais amies.

– Pour sûr, gémit-elle. Absolument. Ce n'est pas moi qui dirais le contraire. À la fois des cousines et des amies. Oui, je dirais même à la vie à la mort. Depuis le jour où les pauvres petites orphelines que nous étions avons été accueillies à Vangdal, moi à la ferme de Bjørholt et elle, Arna, à l'autre ferme. Eh oui, eh oui ! Et maintenant, la voilà partie, ta mère, tandis que moi, je suis restée ; grands dieux, qu'est-ce que tu peux lui ressembler ! Je me souviens tellement bien de toi à l'époque où tu étais tout petit, Brynjar !

Eh oui, elle a donc habité chez sa tante maternelle ; celle-ci l'a traitée comme sa propre fille et a d'ailleurs attendu assez longtemps avant d'avoir elle-même des enfants. Mais ensuite elle les a faits en série, tous des avortons.

Oui, j'étais un peu plus vieille qu'Arna. Et maintenant, c'est sûr que je ne suis plus toute jeune. Sur ces entrefaites, voilà le mari de sa tante qui meurt. Eh oui. Et elle, elle est restée avec toute sa couvée de poussins autour d'elle. Condamnée à la misère. Une année ne s'est pas écoulée que l'intendant de police est venu procéder à une vente aux enchères.

À ce moment-là, c'est le Tørris et sa mère qui l'ont aidée. Il était garçon de ferme ou disons plutôt régisseur ; la dernière année, il avait travaillé pour rien tandis que sa mère, qui habitait à la ferme et vivait d'une petite rente, grattait chaque sou pour payer les intérêts. Il faut dire qu'en l'aidant de la sorte ils avaient sans doute leur petite idée. Ce n'est pas à moi qu'il faut le demander mais, dans les fermes, j'ai entendu des gens qui en parlaient. Eh oui, les gens parlent, les gens parlent sans songer qu'un jour il leur faudra rendre des comptes.

Et pour faire bonne mesure, voilà que la veuve meurt à son tour, la tante maternelle d'Arna. Tu parles d'une situation ! Tous ces marmots ! Alors, faute de mieux, on s'est dit qu'il faudrait les placer à l'orphelinat du canton. Y compris ta mère. Et le canton à l'époque…

Mais "Sur l'indigence veille la providence". Je peux te dire que ce n'était pas un imbécile, celui qui a trouvé ce dicton. Car qu'est-ce qui s'est passé le lendemain de l'enterrement ? Ta tante Dina a beau dire, l'homme est bien meilleur qu'on ne le prétend.

Ouais, écoute un peu ce qui s'est passé. Donc, le lendemain de l'enterrement, après le repas de funérailles, les invités commencent à partir et, bientôt, il ne reste plus que les proches parents. Pour la maisonnée c'était le pire moment. Mais voilà soudain un vieux couple qui s'avance pour emmener avec lui les deux benjamins. Et je peux te dire que s'ils l'ont fait, c'était par pure charité car ils vivaient plutôt à l'étroit. Là-dessus, un autre couple se présente et se charge des deux suivants ; pourtant, ils n'étaient guère mieux lotis. Sur ce arrive un troisième couple qui est prêt à prendre l'aîné malgré la ribambelle d'enfants qui l'attendait à la maison. Eh oui, c'est comme ça que ça s'est passé. Et il fallait vraiment le voir pour y croire, tellement on avait l'impression que le ciel s'était manifesté dans le canton. À la fois pour lui adresser un signe et le bénir.

Il se trouve que j'étais là moi aussi ; tu sais ce que c'est les curieux, et je suis vraiment contente de m'en souvenir aussi bien. Donc j'étais présente et j'ai assisté à quelque chose d'encore plus bizarre que je vais maintenant te raconter. Tous les enfants avaient été recueillis mais personne ne s'était inquiété d'Arna. Car, vois-tu, elle ne faisait pas partie des enfants de la maison et on n'avait même pas pensé à elle. Et elle, qui avait alors douze ans, se retrouvait là toute seule ; je la vois encore, aussi nettement que je te vois maintenant. Et donc, elle restait là sans savoir quoi faire. Il fallait la voir avec ses grosses nattes blondes qui lui tombaient dans le dos et sa robe noire qui lui donnait l'air si pâle. Elle avait les yeux baissés et ne bougeait pas. D'une certaine manière, elle souriait. Si je n'avais pas été aussi jeune, je serais venue la prendre par la main. J'aurais au moins fait ça. Je me demandais vraiment ce qu'elle allait bien pouvoir devenir. J'avais l'impression d'être à sa place, oubliée de tous. Rien que d'y penser, j'en ai encore le cœur qui se serre.

Et c'est à ce moment-là que l'homme de la ferme s'est manifesté ! Tørris Vangdal s'est avancé vers elle et l'a prise par la main en disant à tous ceux qui étaient là : "Et celle-là, vous l'avez oubliée, bonnes gens !"

La pauvre Arna, elle n'arrêtait pas de pâlir et de rougir. Quant à moi, sans pouvoir dire ce que c'était, j'avais vraiment l'impression de m'élever dans les hauteurs. Après s'être raclé la gorge, Tørris a continué : "Eh oui. En tout cas, moi, je ne l'ai pas oubliée. Je vais la conduire chez ma mère où elle pourra habiter. Comme ça elle aura un toit elle aussi." Puis il lui a demandé si elle acceptait.

Avant de répondre, elle a levé les yeux vers lui. Et j'ai pu voir le regard qu'elle lui a lancé. Il s'est gravé à jamais dans ma mémoire. C'est le genre de choses qui ne s'oublie pas. Je n'ai pas entendu sa réponse mais je suis sûre que ç'a été un oui plein de gratitude. J'étais émue aux larmes, encore plus qu'elle, je crois.

Ce jour-là, j'ai voué un tel amour à Tørris Vangdal que ç'a duré des années. À mes yeux personne ne pouvait lui arriver à la cheville. C'est quand même curieux, qu'il suffise comme ça d'un seul acte. C'est tout simplement incroyable !

Quoi ? Oh oui, plus tard. C'est plus tard que ça s'est passé. En tout cas, j'ai trouvé qu'à partir de ce moment-là Arna devenait plus réservée. Ça ne s'est pas vu du jour au lendemain, non, mais peu à peu, année après année. Bien sûr, elle était comme un coq en pâte. Oh que oui, et heureuse avec ça. Elle ne pouvait vraiment pas se plaindre. Pourtant, il suffisait de lui dire qu'elle aurait pu tomber plus mal ou de parler du Tørris pour qu'elle paraisse meurtrie ou effrayée. Comme si j'avais réveillé une blessure. Bien sûr qu'elle était heureuse d'être tombée là. Ne me parle pas de malheur. Car tu sais évidemment que ses parents étaient morts ?

Ah oui, ne m'en parle pas. Ce n'était pas n'importe qui, son père, ton grand-père quoi. Il était lieutenant au service du roi et mieux que ça encore. Par-dessus le marché, il était marié avec une paysanne comme on n'en trouve plus guère. Mais, tu vois, ça s'est mal terminé. À force de boire il a tout perdu, puis il est mort sans qu'on sache trop bien comment. Et ta grand-mère, la femme du lieutenant, elle est tombée malade de chagrin et de honte avant de mourir à son tour. Mais n'y pensons plus, puisqu'après ça s'est si bien arrangé.

Par la suite, Tørris s'est mis à faire des sorties en mer. On aurait dit qu'il était animé d'un nouvel esprit ; il a commencé à voir les choses en grand, il est devenu capitaine, on l'a considéré comme un personnage important. Là-dessus, il a acheté la ferme où il avait été fermier. Et la chance lui a souri, *grandiosement* ; il l'avait bien mérité. La fillette était heureuse, elle grandissait bien et, chaque fois que Tørris revenait jeter l'ancre, on avait l'impression qu'il se produisait quelque chose en elle ; je ne vois pas comment je pourrais le dire autrement. À croire qu'il revenait uniquement pour elle, comme pour une cérémonie. Nous autres, on ne l'intéressait guère. Et, crois-moi, je m'en rendais très bien compte. Eh oui, c'est comme ça ! C'est bien comme ça que sont le monde et la vie ! Comme ça aussi qu'est la jeunesse et comme ça qu'était cette époque !

Et puis, sans même nous en rendre compte, nous sommes l'une et l'autre devenues de grandes jeunes filles. Et elle, elle n'avait toujours d'yeux que pour lui. Il faut d'ailleurs reconnaître qu'il avait fière allure. Quelle taille et quelle stature, cet *homme* ! Bien sûr, il ne disait pas grand-chose, ça non ! Mais il n'en dansait que mieux. Quant à savoir s'il était uniquement son père ou s'ils s'étaient arrangés autrement, ce n'est pas à moi qu'il faut le demander. Du reste, je ne leur ai pas demandé, et elle, elle ne m'en a pas parlé. Sauf une fois. Nous étions allées ensemble au marché et dormions dans le même lit. À un moment, elle m'a prise dans ses bras et a fondu en larmes. Elle tremblait de tout son corps. Mais je n'ai rien réussi à lui faire dire. Seul le Seigneur pourrait nous révéler ce qui s'est alors passé. Moi j'en suis incapable. Pourtant, il a bien fallu que je la console. Elle n'a quand même pas *pu* songer à trahir Tørris dès cette époque ?

Pour moi, c'était sûr, ils allaient former un couple ; qu'aurais-je pu imaginer d'autre ? Et j'en ai été encore plus convaincue quand elle est partie en ville pour apprendre à tenir une maison. À l'époque, c'était tout à fait normal pour une femme de capitaine. Seulement, moi je n'ai jamais su prédire l'avenir, non je n'ai vraiment rien d'une voyante.

Et puis, il y a eu le Torberg et elle. C'est comme ça que ça s'est passé et ça n'aurait pas pu se passer autrement. Torberg aussi était capitaine et lui aussi avait son propre bateau, rien moins qu'un vrai *ketch* avec lequel il faisait le commerce du bois pour son propre compte. Jusqu'au jour où il a supplanté le Tørris ; non seulement il a fait de meilleures prises mais il lui a pris la fille. Et le pauvre, il a bien fallu qu'il s'efface en voyant arriver quelqu'un comme lui, en voyant arriver la jeunesse ! Car il ne faudrait quand même pas oublier que Tørris avait de douze à quatorze ans de plus qu'elle.

Eh oui, c'est comme ça que ça s'est passé, et ç'a beau se passer toujours comme ça, l'homme continue de croire que c'est lui qui décide ! En fait, je ne me suis guère étonnée, et j'ai même trouvé bizarre qu'elle n'ait pas remarqué Torberg plus tôt. Du reste, je ne sais pas ce qu'elle a remarqué chez lui et peut-être aurait-elle été incapable de le dire elle-même. Mais c'était formidable. Leur bonheur faisait plaisir à voir. C'est quelque chose qu'il faut avoir vu une fois dans sa vie.

Tu veux savoir ce que les gens ont dit ? Ou plutôt ce qu'ils *disent* ! Eh bien, sache qu'ils disent tout ce qu'il est possible de dire. Le naufrage ? Cette histoire-là aussi tu en as entendu parler ? Oh là là, non. Non, mon pauvre. Ça fait bien trop longtemps. C'est à peine si je m'en souviens. Ça s'est passé l'année de leurs fiançailles. Mais tu vois, on a beau l'avoir accusé et soupçonné dans tous les sens, je pense que Torberg n'est pas coupable. Ça, c'est ce que moi je pense, c'est mon avis à moi. Quant aux autres, ils peuvent penser ce qu'ils veulent, libre à eux de défendre leur point de vue. Ce qu'il y a de bien dans cette affaire, c'est que Tørris et Torberg ont tous les deux gagné de l'argent. D'ailleurs, on ne s'est pas gêné pour dire que c'est seulement à ce moment-là qu'Arna a remarqué Torberg ; parce qu'il avait le portefeuille bien garni. En tout cas, sache que si je t'en ai parlé, c'est seulement parce que d'autres te l'ont dit, je le sais. Mais, de toute façon, crois-moi, tout ça, ce sont des mensonges que tout le monde colporte à qui mieux mieux. D'ailleurs, le Tørris, je dois te dire que maintenant non plus il ne va pas très bien. Avec son pied malade, il ne bouge pas de là-bas ; d'ailleurs, il est seul à savoir ce qu'il a. Il ne m'en a rien dit. Quant à moi, c'est pareil, je reste ici. Et elle, Arna, elle nous a précédés. Maintenant, ça va être mon tour. Crois-moi, Brynjar Bjørholt, lorsqu'on est sur le point de mourir, tout ce qui a pu se passer devient sans importance.

Oui, c'est vrai, ta mère, je n'ai que du bien à en dire. Pour sûr ! À la limite, je dirais que, par rapport au commun des gens, elle avait trop peu de défauts, c'était peut-être son défaut à elle, mais ça ne faisait rien. Évidemment, à force de répéter qu'elle était belle, on l'a peut-être trop vantée et, du coup, elle ne s'est pas toujours rappelé ce qu'elle était. Mais elle était agréable à vivre, et comme compagne on n'aurait pu rêver mieux. Et ton père, bon Dieu, il fallait voir cette allure. Évidemment, pendant tout le temps où j'ai travaillé à la ferme, il n'a jamais eu un seul regard pour l'épouvantail que j'étais. Mais quand même, quand même…

C'est fou ce qu'on peut faire comme bêtises au cours d'une vie ! Tous ces rêves, toutes ces folies ! Non vraiment ! Mais maintenant, c'est bientôt fini, Dieu soit loué. Et pour Tørris aussi.

Lui il est devenu bizarre. Et ça fait longtemps qu'il est comme ça. Depuis qu'Arna l'a quitté. Mais avec toi, il a toujours été gentil, pas vrai ? Quand tu étais petit, je veux dire.

Ce qu'elle est venue faire chez moi ? Le dernier soir ? Mais grands dieux, ce n'est pas le seul soir où elle est venue. Loin de là. Et quand elle était malade, c'était moi qui allais chez elle. C'était comme ça.

– Mais enfin, dis-moi ce qu'elle est venue faire !

– Rien de spécial et rien de répréhensible non plus. Malade comme je l'étais, j'avais l'esprit dans les nuages. Eh oui, mon gars, il va falloir que tu prennes ton temps. Si elle m'a fait des révélations, j'ai dû les enfermer quelque part et me débarrasser de la clef. Dis-toi bien qu'ils m'en ont posé des questions, quand ils sont venus pour leurs interrogatoires et tout le tremblement. Je peux te dire qu'ils se sont incrustés ! Ils n'ont pas arrêté de m'embêter pour que je témoigne. Mais qu'on ne compte pas sur moi pour en dire plus que ce que je sais ; l'Ane-Margit, ils n'arriveront pas à la faire marcher. Ah ça, non ! Et puis, excuse-moi, mais toi non plus.

Moi j'ai accepté de te répondre et de te dire la vérité, mais si je l'ai fait, c'est uniquement parce que tu ressembles à Arna. Crois-moi, parole de vieille, Brynjar ! »

En la quittant, Brynjar se rendit compte qu'il ne lui restait plus qu'à se rendre chez Tørris, chez l'ennemi même. Il s'était lancé dans un travail de chien et seule le réconfortait l'idée que personne ne pouvait le faire à sa place.

TØRRIS

Tørris était maintenant un vieil homme. Mais ce qui frappait, c'était moins son âge que cette sorte de sommeil hypnotique dans lequel il paraissait vivre. Et ce grand visage disgracieux, ce regard vide où semblait se refléter le froid de la nuit, cette peau gris jaune aux couleurs de mort, les avait-il déjà à l'époque ? Pourtant, de ce même visage émanaient aussi vigueur et intelligence, et c'est peut-être pour cette raison qu'en le voyant on éprouvait d'abord une impression de malaise. Car dès lors qu'on les avait regardés un certain temps, les traits s'adoucissaient incroyablement. Maintenant que ses cheveux s'en étaient allés, il s'était laissé pousser la barbe. Brynjar avait vu un jour la photo d'un Russe pourvu d'une barbe semblable et même d'un front tout aussi ridé. Inconcevable qu'un front d'homme pût se rider à ce point ! Et qu'un visage pût ainsi sommeiller. Mais, comme Brynjar en faisait lui-même l'expérience, il était impossible de ne pas frissonner quand de tels yeux se posaient sur vous. Car on se demandait immanquablement s'ils ne s'étaient pas réveillés.

Ce visage était tout entier une menace. Derrière un tel masque sommeillaient bien des choses. Et, en même temps qu'il s'asseyait pour tenter de lui parler, Brynjar ne put s'empêcher de penser : Pauvre maman, est-ce que tu as vraiment eu affaire à cet homme ?

Comme la nature est mal faite ! On a dû y jeter un maléfice. Il faudrait disposer d'une existence de substitution…

Ainsi donc Tørris était alors un beau gars, un vrai *gars* ! C'est ce qu'a dit Ane-Margit, c'est ce que tout le monde a dit. En plus, c'est lui qui a sauvé ma mère. À l'époque elle n'avait personne d'autre à qui se raccrocher. Mais si c'est vraiment lui mon père, la vérité n'a plus aucun sens, il est impossible de s'y fier.

Et autant croire qu'elle n'est plus ma mère.

« Eh oui, dit Tørris, nous voilà installés ici, mon pied et moi. Nous endurons toutes les misères du corps et mourons à petit feu, lui en dessous moi. Mais ce n'est sans doute pas sa faute. C'est le docteur qui le dit. En fait, c'est ma faute. C'est la faute de mon cœur qui est *mauvais* ! Eh oui, c'est ce que m'a dit le docteur. Et moi qui me réjouissais de mourir en ayant un bon cœur… »

Brynjar se rappela alors l'histoire que l'on racontait sur Tørris à l'époque où il était capitaine. Un jour, un pauvre bougre qui voulait mettre fin à ses jours s'était élancé d'une vergue pour se noyer dans la mer. Cependant, ayant mal calculé son coup, il était tombé sur le pont et s'était blessé grièvement mais sans mourir pour autant. Ce que voyant, Tørris avait dit au docteur : « Il n'est pas question qu'il y coupe, je veux absolument qu'il vive ! »

Et maintenant, Tørris disait : « Ça fait déjà un certain temps que je devrais être mort ; c'est du moins ce que disent les gens. Mais ils ajoutent toujours que la mort a trouvé son égal. Et moi, les entendant d'où je suis, je ne peux qu'approuver tout ce qu'ils disent ; car eux et moi nous ne faisons qu'un. Je les approuve sauf quand ils affirment que nous sommes des hôtes de la vie. Car ce n'est pas moi qui suis l'hôte de la vie, c'est la vie qui est mon hôte. Et je me demande bien si toutes ces histoires qu'on voudrait me faire croire, on ne me les présente pas à l'envers.

Et toi, tu voudrais donc me faire croire que tu es marin. Bien, bien. Ce qui voudrait dire que tu t'es aventuré un peu plus loin que la côte. »

Se réveillant un court moment, Tørris sourit. Brynjar sentait ses yeux braqués sur lui. Et il les supportait un peu mieux parce que la petite taquinerie avait allumé en eux une lueur de joie enfantine. Il n'en restait plus grand-chose de Tørris.

« On m'a dépossédé de toi, Brynjar. Oui, je vois bien que tu es au courant. J'ai dû me contenter de te regarder. Et de t'aimer. Je t'ai beaucoup aimé. Mais ça doit faire longtemps. Le temps passe à ce qu'on dit mais, à mon avis, c'est plutôt nous qui passons. Le temps, il ne bouge pas, et on n'a pas à le faire bouger.

Moi je te voulais du bien. Au sens propre. Et maintenant je te déteste. Pour la même raison. Maintenant, ai-je dit ? Non ! Maintenant, c'est mon pied qui me châtie pour me forcer à penser humainement.

Oui, le pied. C'est une petite punition que j'endure pour avoir été privé de toi. Privé à la fois de toi et de ta mère. Hein ? D'après toi je raconterais des bêtises ?

C'est donc comme ça qu'on pense maintenant ? Eh bien vas-y, ne te gêne pas !

– Vous aviez bien l'intention de vous marier avec ma mère ?

– Ouais ? Qui t'a dit le contraire ? Mais ça suffit comme ça. Disons qu'il y a eu une période où j'ai représenté un petit quelque chose pour *elle.* Et ç'a duré jusqu'à ce qu'un jour elle m'appelle papa. Eh oui ! Hein ? Ce qui s'est passé ensuite, je n'en sais rien. Mais c'est à ce moment-là que le cœur s'est mis à devenir mauvais, qu'il a refusé de servir en mer, comme nous disons entre marins. Puis il s'est vengé sur le pied et le pied sur moi. Et moi, sur qui est-ce que je vais me venger ? Sur toi ? Est-ce que tu crois que tu en vaux vraiment la peine ? Est-ce que tu es assez innocent pour ça ?

Tu peux être content, toi qui me vois comme ça. Et maintenant tu connais mon histoire. J'en ai lu de plus amusantes. À en croire les gens, c'est une fin que je n'ai pas volée. D'accord ! Et pourtant moi aussi je m'étais attendu à laisser une réputation différente. Bien, bien. Si nos propres vertus ne suffisent pas à nous réconforter, il nous reste toujours les vices des autres.

Voilà donc à quoi tu ressembles, Brynjar. Ouais, ouais. C'est quand même curieux, l'aspect physique. C'est comme un signe distinctif vis-à-vis de l'extérieur. Moi, je ne dirais pas que tu ressembles trop à quelqu'un d'autre. Ce qui est vrai, en revanche, c'est que tu ne ressembles pas assez à toi-même. Eh oui, mais ce n'est pas ma faute. À ce que je sache. »

Tørris resta un instant silencieux, comme absent. Et lorsque Brynjar lui posa ensuite quelques questions, il donna des réponses incompréhensibles. À un moment, Tørris soupira, comme n'importe qui d'autre. Après tout, peut-être existe-t-il quelqu'un qui pourrait aimer un père comme lui ? Au même moment, il sursauta car il sentit de nouveau ses yeux fixés sur lui.

« Tu es donc devenu marin toi aussi. On se demande à quoi ça peut bien tenir », sourit-il.

Dans son cœur, Brynjar l'avait déjà tué. Il était impossible de faire grâce à quelqu'un comme lui. N'empêche qu'il était quand même bien obligé de lui parler.

« Si je suis devenu marin, c'est aussi à vous que je le dois ? s'enquit-il.

– Ouais, ouais. Ça se pourrait bien. En tout cas, tu l'as été ; je le vois bien à présent. “Hisser les voiles pour voguer sur la mer salée”, voilà ce que chantait ma mère quand j'étais petit. Et pour naviguer, c'est sûr que maintenant on navigue, tout le monde navigue, de long en large. Et du coup, plus personne ne se rappelle que les paysans servent aussi à quelque chose. C'est seulement lorsqu'ils font des erreurs qu'on s'en aperçoit. Ou lorsqu'on rencontre un paysan qui n'est même plus paysan. Comme moi ici. Ou bien Torberg. Enfin, lui et moi. Ce que nous avions en tête ? Eh bien, nous voulions naviguer, naviguer pour devenir riches et plaire à ta mère. Il faut dire que ç'a souvent été joyeux. Et quand je remue tous ces souvenirs, ça me fait un peu rire. Figure-toi qu'il y a même eu un jour où nous avons fait naufrage ; nous avons perdu nos bateaux.

C'est peut-être pour en savoir un peu plus que tu es venu me voir ? Non, ce n'est pas ça. Ah bon, ah bon.

Le naufrage, crois-moi, on s'en est bien sortis. Et puis après, il y a d'autres choses qui se sont passées. Jusqu'à ce qu'à la fin vienne la fin, ce que les gens appellent le malheur. Le malheur qui ennoblit l'homme, ajoutent-ils toujours. Pour ma part, je n'ai rien remarqué. Tant qu'à faire je préfère m'ennoblir moi-même.

Mais, dis-moi, tu avais bien ta petite idée en venant ici ?

– Effectivement : selon *vous*, est-ce que c'est papa l'assassin ? »

Les mains sur le ventre et son pied mort sur une chaise, Tørris resta de marbre.

« Tu crois peut-être que c'est moi ? murmura-t-il.

– Qu'est-ce qui vous y aurait poussé ?

– Eh bien, peut-être pourrais-tu toi-même me l'expliquer ? Quand j'aurai bougé cette jambe.

– Puisque vous étiez son père, dirais-je. »

L'un des yeux de Tørris s'éveilla : l'ennemi qui vous scrute à travers le trou d'une porte. Bientôt l'autre œil s'éveilla à son tour.

« C'est loin d'être faux ce que tu dis là, murmura-t-il. Mais ce soupçon, ça reste un soupçon. »

Sans doute riait-il intérieurement. Peu après, il déplaça sa jambe tout en faisant une nouvelle grimace de douleur. Puis un large sourire éclaira son visage.

« Eh oui, c'est comme ça, dit-il mezza voce à sa jambe. Il y a des choses qui nous regardent et d'autres qui ne nous regardent pas. Il y a des choses qui marquent le monde et toi, mon pied malade, il faut éviter de les enjamber. »

Brynjar ne put s'empêcher de rire : « Vous ne devinerez jamais ce que j'ai longtemps cru à votre propos.

– Fichtre non !

– J'ai cru que vous étiez mon père.

– Et donc à la fois le tien et celui de ta mère ? »

Tørris s'était de nouveau replié sur lui-même. On aurait dit que ce n'était plus lui qui répondait. Néanmoins, voyant Mattias qui entrait en claudiquant, il lui sourit et lui demanda d'où il venait.

L'idiot parut à la fois gêné et heureux. Aujourd'hui je ne fais que me promener, répondit-il. Sur quoi il s'assit tout près de Tørris et resta à regarder Brynjar.

« À ce moment-là, je ne savais pas qu'on vous considérait comme son père. Il faut dire que c'était bizarre à la maison. Aussi loin que je me rappelle, j'avais l'impression de ne pas être vraiment chez moi. Il y a même eu une époque où j'ai plus ou moins cru être un enfant trouvé. Et ensuite, je me suis dit que c'était sans doute d'ici que je venais. Voilà ce que j'ai peu à peu pensé.

– Une conviction erronée. Hum ! Ah bon ! Vraiment. »

La main dans la barbe, Tørris le regardait maintenant d'un air bienveillant : « Je l'avais effectivement remarqué. C'était bien comme ça que tu ressentais les choses. Je crois que je m'en souviens. Un môme sacrément courageux d'ailleurs. Il t'arrivait de venir me voir. Pas vrai ?

– Et me voilà de nouveau. Sans que ça aille tellement mieux.

– Seulement je ne suis pas ton père ; hélas non. Tu peux repartir rassuré. »

Brynjar essuya la sueur qui perlait sur son front. Du moment que vous l'affirmez, il faut bien que je vous croie.

Ils restèrent un bon moment sans rien dire. Brynjar se rendit compte que son interlocuteur était parfaitement réveillé. Et il avait lui-même l'impression de se réveiller d'un long rêve mais pour trouver quoi ? Finalement il dit : « Il faut que vous me répondiez : vous qui saviez bien ce qu'ils étaient l'un pour l'autre, est-ce qu'il vous paraît possible que mon père l'ait assassinée ? »

Tørris secoua la tête puis regarda droit devant lui avant de secouer une nouvelle fois la tête. Sur quoi il lâcha doucement à voix basse : « Je ne le crois pas. Non, je ne le crois pas. Car Torberg m'en aurait lui-même parlé. Après coup. C'est du moins ce que je pense.

– Mais est-ce que ma mère avait des ennemis ? Des gens qui auraient vraiment pu lui en vouloir ?

– Toutes ces questions que tu poses ! Et si bêtement par-dessus le marché !

Mais maintenant, à moi de t'interroger. Est-ce parce qu'on n'aime pas les gens qu'on les tue ? Je ne sais même pas si ta mère a été tuée. Tout ce que je sais, c'est qu'on peut très bien se faire tuer sans être comme elle.

C'est plutôt à propos de Torberg qu'il faudrait se demander s'il avait des ennemis. Il était en train d'écrire son histoire du canton. Ou disons, ses histoires du canton. Tu les as lues ? Tu devrais. Il était toujours en quête de renseignements qu'il s'empressait ensuite d'écrire.

Personne ne le lui avait jamais demandé et ça ne lui rapportait pas un sou. Pendant des mois, il a étudié des vieux grimoires à la bibliothèque du diocèse. Le travail d'une vie. Et il faut dire qu'il en raconte des choses sur nous. Dieu du ciel ! comme disent les bonnes femmes. Nous avons été beaucoup à déchanter en apprenant ce qu'avaient vraiment été nos aïeux et aïeules. Et il a fallu qu'il en révèle des vérités pour qu'on l'accuse ainsi d'avoir assassiné sa femme, hein ? Toi, tu n'y arriverais pas. Et le plus irritant, c'est qu'il a redoré le blason de nos ennemis. Pour nous, c'est la pire des injustices. Eh oui. On se demande vraiment à quoi ça peut bien servir d'écrire des choses pareilles. Revenir comme ça sur la réputation de notre famille et *nous* obliger à l'assumer ? Nous étions tellement furieux que…

Tu sais ce que disait souvent Torberg ? “Moi je ne suis pas fier, car je suis bien trop fier pour l'être.” Alors qu'est-ce que tu en penses ? Ne serait-il pas un homme à avoir un fils comme toi ? Seulement voilà, c'était risqué de penser de la sorte et risqué de le dire tout haut. Si tu ne veux pas que la flèche te retombe sur le nez, évite de viser trop haut. Un jour, j'ai rencontré quelqu'un de chez nous qui venait de lire ce que Torberg avait écrit sur nous dans son livre. Il était fou de rage. Un de ses ancêtres s'était ridiculisé dans tout le canton en se lançant dans un maquignonnage. Et c'était imprimé noir sur blanc. »

Tørris eut un petit rire : « En son temps, Torberg était quelqu'un de calme. Extrêmement calme. Inutile de gueuler pour le faire sortir de ses gonds. Pourtant, il y avait des moments où il descendait sur terre et redevenait lui aussi un homme. Ça le prenait à l'occasion. Et, dans ces cas-là, il ne *pouvait* pas faire autrement. Tu sais qu'un jour il a assommé un homme ? Non, à l'époque tu n'avais pas plus d'un an, mais moi j'ai songé : eh bien dis donc ! C'était la nuit de la Saint-Jean, et les jeunes s'amusaient sur la prairie qui entoure le foyer. Lui aussi, il était venu. Allez savoir pourquoi ; c'était une merveilleuse nuit d'été. Personne n'a pu dire ce qui s'est passé, et pourtant on n'avait pas débouché les bouteilles. Torberg ne buvait pas beaucoup. Mais tout à coup, il y a quelqu'un qui a pris un coup et s'est retrouvé par terre. Et ça s'est passé si vite que tout le monde en est resté bouche bée.

Tu veux savoir sur qui il a cogné ? Eh bien sur Otte, mon neveu. C'est lui et lui seul qui a tout encaissé. Il faut dire qu'il ne l'avait pas volé, c'est un vrai freluquet. C'est ta tante Dina qui s'est occupée de lui. Elle ne t'en a jamais parlé ? Elle et Ane-Margit l'ont porté dans la maison pour le soigner. Elles étaient toutes heureuses. Quant à lui il s'en est rapidement remis et ça ne l'a pas fait changer d'un pouce. Un coup pour rien.

Seulement le coup, ils se le sont rappelé quand Torberg a été sur la sellette. Et allez donc leur expliquer pourquoi il avait frappé ! Otte l'avait un jour sauvé de la mort, de la noyade, eh oui, c'est comme ça… Un soir que quelqu'un avait emprunté sa barque, Torberg a plongé de son bateau pour regagner la terre ferme. On aurait dit un phoque. Mais le voilà soudain qui est pris d'une crampe et qui se met à couler. Otte, qui faisait partie de l'équipage, s'en aperçoit. Aussitôt il se déshabille, plonge et le ramène à terre. Comme ces deux-là étaient bons amis, ç'a paru quasiment normal. Et ce ne peut pas être pour ça que Torberg l'a frappé. Non, de nos jours, un homme ne réagit plus de manière aussi primitive. »

Tørris se mit à rire : « Après ce coup leur amitié a été encore plus forte. Ça n'a rien de triste, c'est la vérité. Torberg a comblé Otte de bienfaits pour se l'attacher encore plus. Et Otte n'a pas été en reste. Bizarre qu'on ne l'ait pas interrogé au moment de l'enquête. Eh oui, eh oui. Et qu'on n'aille surtout pas te raconter que ta mère recherchait la compagnie d'Otte. Elle refusait absolument de le voir. Elle le tenait pour un moins que rien. Mais tu devrais demander à ta tante Dina de te raconter tout ça.

– Mais *vous,* pourquoi est-ce que vous me racontez tout ça ?

– Alors là, autant me demander pourquoi j'ai un jour été créé. Ou bien pourquoi le Mattias a été créé ; c'est du pareil au même. Bon d'accord, je suis en train de cancaner et de te raconter des histoires, tu as raison. Mais après tout, c'est ta faute puisque tu m'as écouté.

– Bon mais maintenant, j'aimerais bien que vous me racontiez cette histoire de naufrage. Le jour où mon père a laissé filer son bateau. Est-ce que lui-même était à terre à ce moment-là ? »

Tørris resta un instant à le scruter, tantôt d'un œil, tantôt de l'autre. Manifestement il se passait des choses en lui.

« T'y revoilà donc. Je m'y attendais comme je te l'ai dit.

Non, mon gars, pour moi, Torberg n'est pas mêlé à cette affaire. C'est vrai qu'il était à terre, mais ce n'est pas lui qui a laissé filer la corde du bateau. Je ne crois pas l'avoir jamais soupçonné. Hum, hum ! Il faut dire que ça n'a pas été rien.

Jamais personne n'aurait pensé qu'il y aurait une tempête cette nuit-là, surtout de ce côté-là. C'était le jour de la Saint-Jean et le temps s'était mis au beau. C'est honteux à dire, mais je n'avais même pas amarré le bateau et je n'avais jeté qu'une ancre ; nous avions prévu de partir avant le chant du coq et ne devions relâcher que quelques heures dans notre petit port. Quant à Torberg, comme d'habitude, il avait enroulé sa corde autour de son bollard et n'importe quel gamin aurait pu la détacher. Et, vu la violence des vagues, c'est tout à fait possible qu'elle se soit détachée toute seule. D'ailleurs, lui aussi n'avait jeté qu'une ancre.

Oui, j'ai rarement vu une tempête aussi brutale ! Je dirais que le vent s'est mis à souffler *passionnément*. Je n'étais pas plus tôt arrivé sur le pont que le suroît a provoqué un bouillonnement blanc. J'étais seul à bord, les autres n'avaient pas quitté leur famille et étaient encore à terre. Soudain, je vois le ketch qui arrive droit sur moi. Du coup, les deux bateaux ont été précipités hors du détroit. Ils avaient l'un et l'autre une cargaison de planches que nous venions de prendre en ville et devions transporter plus au nord. Eh bien, je peux te dire que pour aller vers le nord, on y est plutôt allés.

Les deux bateaux se sont fracassés, et moi j'ai pu m'en sortir. Mais le cuisinier de Torberg était à bord et lui, il y est resté.

Non et non ! Si quelqu'un a détaché la corde, ce ne peut être qu'Otte, mon propre neveu. Je le dis tout net. Je te le dis à toi. Il était mon héritier. D'ailleurs, il l'est toujours et n'est pas d'un naturel très patient. Et puis, je te l'ai déjà dit, c'est un vrai freluquet. Je n'en démords pas.

Un jour, je lui ai dit ce que j'en pensais. Il a bien sûr nié mais avec une rare stupidité. Et pourtant, c'est un rusé, Otte. D'accord, il va hériter de moi. Mais il va d'abord falloir qu'il me laisse mourir. À moins qu'il y ait quelque chose d'un peu spécial dans son amitié avec Torberg ? Une petite *haine* ? Je ne m'en suis pas mêlé. Inutile de vouloir être plus intelligent que son entourage.

Oui, c'est vrai, c'est Torberg qu'on a accusé. Mais c'est aussi lui qui a eu Arna. Oh ça oui ! Mais maintenant je me sens aussi fatigué que si j'étais à l'église. Je te dis au revoir, Brynjar, pour aujourd'hui. Et puis merci d'être venu. Merci aussi de m'avoir pressuré de la sorte pour extraire tout ce que je savais. Comme si tu avais tordu ma chemise ! Ce n'est pas croyable tout ce qui en est sorti. Tu serais plutôt du genre futé. Pas vrai ?

Oui, oui. Je suis ton grand-père maternel. Ne l'oublie pas. C'est tout ce que j'ai été dans ce bas monde. Amen. »

L'ANNEAU D'ARGENT

Brynjar avait l'impression qu'une montagne s'était déplacée devant lui, une montagne qui s'appelait Tørris. Et il s'étonnait que tout fût désormais si différent. C'était une sensation bizarre d'exister pour ainsi dire sans Tørris. En tout cas, je sais maintenant qu'on peut déplacer des montagnes, murmura-t-il.

Turid le regardait. Elle n'osait pas l'interroger et lui n'osait rien dire. Jusqu'au moment où il lâcha tout de go : « Je suis sûr que maman et Tørris n'ont pas eu d'enfant ensemble.

– Vraiment ? De toute façon, je n'y ai jamais cru. »

Mais il ressentait à présent la nécessité d'être seul. En soi, c'était stupide, il n'était pas fait pour cela, pas plus qu'un autre. Néanmoins, ce que venait de dire Tørris commençait à prendre corps et il fallait qu'il trouve le temps de s'y adapter. Grâce au ciel, je sais maintenant que ce n'est pas lui mon père, mais pour autant, l'ai-je jamais entendu dire *ton père* ? Je ne crois pas. J'en suis même persuadé. Et soudain, Otte lui apparut. Souriant, il semblait être là depuis toujours. Une nouvelle et douloureuse énigme. Maman ne l'aimait pas, songea-t-il. Moi non plus je ne l'aime pas. Mais pourquoi lui en voulait-elle à ce point ? Une question qui le fouailla. Sa mère était sacrée et c'était déjà un péché que de penser à elle. Brandissant un poing menaçant à l'adresse de ses pensées, il les apostropha : *Fichez le camp !* C'était encore pire que de se faire torpiller une deuxième fois, pire que de revivre le moment de l'attente. Mais, si douloureux que ce fût, il s'efforça d'y voir plus clair en se rendant chez Otte. Il aurait bien aimé s'observer, observer la pauvre mine qu'il devait avoir. Histoire d'en rire et de pouvoir interpeller son visage, à moins que ce ne fût son visage qui l'interpellât : Tu voudrais donc que ta mère fût une sainte et que ton père fût à l'abri de tout reproche ? Et si tu te montrais assez mûr pour les accepter tels quels ? Il y a bien des gens qui le font. Et les gens, je ne sache pas que ce soient tous des incapables. Loin de là !

Maintenant, à défaut d'autre chose, il voulait voir Otte. Peut-être le trouverait-il un jour digne d'être son père.

Il se le rappelait assez bien. Otte avait toujours été quelqu'un de spécial. Cet homme aux cheveux de lin avait un extraordinaire rayonnement. Nombreux étaient ceux qui, à leur corps défendant, ne pouvaient s'empêcher de l'aimer. Il suffisait qu'il arrive pour que le monde s'illumine ; à son contact un petit garçon trouvait la vie merveilleuse. Très différent de son père, il était étrangement proche des gens. Il débordait de vie et de fantaisie. Il est comme un oiseau chanteur, avait dit quelqu'un de lui. Mais il avait des yeux d'enfant, et c'étaient d'abord les yeux que se rappelaient les gens, spécialement les filles. Un jour, l'une d'elles avait dit en public : « Qu'est-ce qu'il est beau ! Des garçons comme ça, on n'en voit que dans les magazines. »

Sa mère le voyait-elle avec les mêmes yeux ? De nouveau, il se sentit fouaillé. Tant qu'à faire, pourquoi ne pas imaginer qu'Otte était le destinataire de la lettre inachevée ?

Rebroussant chemin, Brynjar revint à la maison et sortit la lettre pour l'examiner une nouvelle fois. Eh oui, rien n'empêchait de penser qu'elle était pour Otte. Ça n'avait rien d'inconcevable. Tout était possible en ce bas monde.

Sauf d'oublier Otte. Car Otte avait ceci de particulier que non seulement il débordait d'idées mais leur donnait vie, il les *réalisait.* Et dès lors qu'il passait aux actes, pourquoi n'en aurait-il pas profité pour troubler un peu l'âme des gens ?

Un dimanche soir que le pasteur était venu lire la Bible, Otte avait remarqué qu'il y avait des harengs plein le port. À l'époque, il gérait la ferme de Tørris. Accompagné d'une flopée de gamins, dont Brynjar, il avait filé droit sur le port et, utilisant les filets des gens de Vangdal, en avait bloqué l'accès. Du coup, la masse de harengs s'était retrouvée enfermée. Lorsqu'un peu plus tard Torberg et Tørris étaient arrivés à leur tour, il les avait incités à répartir la prise à parts égales. Mais, comme c'était dimanche et qu'ils venaient de lire la Bible, ça leur paraissait plutôt difficile d'accepter cette montagne de harengs. Et tous deux étaient bien embarrassés.

« Eh bien vous n'avez qu'à donner vos harengs aux pauvres, leur avait-il dit, alors sérieux comme un pape. Comme ça, ni vous ni vos filets ne pourront être accusés d'avoir pêché. »

Pour un peu, les garçons l'auraient porté en triomphe. Mais les garçons n'étaient-ils pas eux-mêmes enclins à le considérer comme un garnement ? Franchement, se dit-il, je ne le trouve pas digne d'être mon père et il va falloir que je le lui dise. Dès demain.

Mais il n'en fit rien. Ce n'est pas moi qui y vais, ce sont les jours qui s'en vont, trouva-t-il à se dire en manière de boutade.

En définitive, il décida de se plonger dans l'histoire du canton. Il était heureux que son père manie si bien la plume, encore que, connaissant sa personnalité, il n'en fût pas vraiment étonné et qu'il jugeât finalement incongru de se réjouir ainsi puisque Torberg n'était pas son père. Pour autant, il ne fallait pas que cela le dissuade de s'intéresser au livre.

D'abord, il lut ce qui se rapportait aux Bjørholt du canton depuis les origines jusqu'aux temps présents. La matière n'y était ni extraordinairement abondante ni extraordinaire en soi. Et si personne n'avait vraiment failli, on n'en relevait pas moins quelques épisodes peu glorieux.

Ainsi apprenait-on qu'un valet s'était pendu quand ses maîtres avaient voulu l'obliger à épouser leur fille qu'il avait engrossée. Ce n'était qu'un pauvre bougre venu on ne savait d'où, mais ils n'avaient pas voulu en démordre. Multipliant promesses et assurances, ils avaient fini par le faire céder. Seulement, le lendemain, on l'avait retrouvé pendu dans la grange. Et les paroles qu'avait alors prononcées la femme avaient fait le tour du pays : « Et dire qu'il nous fait ça juste avant la fenaison ! Nous voilà maintenant dans de beaux draps, comment allons-nous faire pour le remplacer ? » Au dire des gens, c'était ce qu'il y avait eu de plus honteux dans l'histoire de la famille.

Plus récemment, un des rejetons de la ferme s'était enfui et n'avait jamais réapparu. Des années plus tard, on avait appris qu'il vivait loin de là sous le nom d'Ole Iversen. Devenu métayer, il était tranquille comme Baptiste.

Il lut ensuite ce qui était écrit sur la famille de Tørris. À un moment, elle était montée très haut mais n'avait pas tardé à dégringoler. Elle avait ainsi connu des fortunes diverses, jusqu'au jour où le grand-père de Tørris était tombé sur une romanichelle qui s'enlisait dans les sables mouvants. Personne à part elle n'aurait pu dire ce qu'elle faisait là en pleine nuit, au plus noir de l'hiver. Toujours est-il qu'elle s'enfonçait dans le sol et qu'elle était en danger de mort. La mer montait et la malheureuse avait déjà de l'eau jusqu'aux cuisses. Elle avait eu beau s'époumoner, personne ne l'avait entendue car le vent avait déporté sa voix vers le fjord. Quant à celui qui l'avait trouvée, il effectuait une mission bien particulière puisqu'il se rendait chez une jeune fille qui allait d'ailleurs lui échapper. Quoi qu'il en soit, il se dépêcha d'aller chercher un bateau et sauva la femme. Ce ne fut pas sans mal, et elle lui fit don de son anneau d'argent.

C'était son trésor le plus précieux, mais elle insista pour qu'il le prenne. « Il te portera chance », avait-elle ajouté.

Et c'est bien ce qui devait se passer. À partir de ce moment-là l'homme vit sa situation s'améliorer chaque année un peu plus. Il s'appelait Haldor. Il devint propriétaire de la ferme de Vangdal. Le livre en précisait l'année et le jour exacts. Mais un jour, il rencontra une romanichelle qui lui dit en riant : « Cet anneau qui t'a été donné, il va finir par te coûter cher. Seul l'un d'entre nous a le droit de le posséder, sinon il attire malheurs et déboires sur son propriétaire. » « Eh bien, prends-le donc si tu le veux ! » dit l'homme qui l'avait sur lui. Non, elle n'en voulait pas car *elle*-même n'était pas digne de l'avoir. Eh bien, dans ces conditions, autant le garder, se dit Haldor qui continua d'arborer l'anneau à son doigt et s'en trouva fort bien. À en croire les gens, il porte chance sauf en amour. Et il est vrai qu'Haldor n'obtint pas celle qu'il voulait, mais ce fut tout bénéfice pour lui puisqu'il épousa quelqu'un de plus riche.

Et le livre précisait que le dernier propriétaire connu était Tørris Vangdal. C'était un petit anneau d'argent plat qui, hormis une inscription runique gravée à l'intérieur, n'avait rien de particulier.

Au moment où il terminait sa lecture, Brynjar aperçut Mattias derrière la fenêtre. Il sortit alors pour lui demander s'il savait ce que Tørris avait fait de l'anneau d'argent, l'anneau ensorcelé.

Se mettant à danser, l'idiot répondit en chantant : « C'est d'une bohémienne qu'il l'a reçu, c'est à une fille qu'il l'a donné ! Personne ne sait à qui elle l'a donné, mais si tu veux vraiment le savoir, apprends qu'elle l'a donné à celui qu'elle aimait. Et celui qui l'a *maintenant*, c'est le meurtrier ! »

Sur quoi il fit quelques gestes bizarres puis s'immobilisa pour regarder le ciel de ses doux yeux marron.

Brynjar demanda à Turid si elle avait vu l'anneau.

« Non. Mais ne me dis surtout pas que tu crois à ce genre de choses », répondit-elle d'un air étonné.

Elle avait naturellement raison. Quand on a couru tous les dangers, qu'on a été torpillé et exposé aux avatars les plus divers, on ne va pas ajouter foi à un anneau de bohémienne ou aux racontars d'un pauvre innocent. C'est du moins ce qu'on aurait pu penser. Seulement, Tørris avait été marqué par les propos de la bohémienne. Sa mère avait-elle reçu l'anneau de Tørris ? Et qu'est-ce qu'il était devenu après ? Et à qui l'avait-elle ensuite donné ? À celui qu'elle aimait, répondaient les gens, mais ils se contentaient de répéter ce qu'avait inventé Mattias.

Cependant, Mattias était dans un de ses grands jours. Ayant suivi Brynjar, il lui murmura : « Moi je lui parle souvent à ton père. Mais uniquement lorsque je reste tranquille et que je *vis*. C'est à ces moments-là qu'il me raconte toute la comédie. Et puis je vais te dire : le monde entier pourrait se refléter en moi. Alors tu veux savoir qui est le meurtrier de notre canton ? Tu n'as pas besoin de te presser, il va encore falloir attendre pas mal de temps. »

Le soir, Brynjar monta voir son père. Il aurait voulu lui parler du livre mais n'y parvint guère. Torberg était tout entier occupé à écrire et à griffonner sur une feuille de papier déjà noire de lettres et de signes. Par moments, il tendait l'oreille sans lever la tête. Soudain, il remarqua la présence de Brynjar et lui adressa alors un sourire inquiétant : « Tu entends comme ça gratte et ça ronge ? Non, ici, juste en dessous de moi. Tu crois que ce sont des rats et des souris ? Oui, forcément. Mais moi, ce que je demande, c'est pourquoi on ne me fiche pas la paix ! Pourquoi on ne peut pas me laisser seul ! Sacredieu. Et toi, tu es venu me tourmenter avant l'heure ? Tu crois donc que j'ai peur de toi ? Ou que je crains de rester ici ? Grands dieux, si au moins c'était le cas.

Bête ? Oui, pour ça tu as raison. La solitude rend bête ou sage. Et la bêtise rend solitaire, tout autant que la sagesse. Moi, je suis quelqu'un qu'on a condamné. Un meurtrier comme ils disent. »

Peu après sa physionomie changea ; elle devint presque comme *avant* : calme mais assez distante. Brynjar se le rappela tel qu'il était dans le temps : le visage étroit dominé par un front large sur lequel retombait une mèche de cheveux foncés ; mais surtout il y avait les yeux d'où émanait ce regard de solitaire, ces yeux que rien ne paraissait pouvoir surprendre.

« Tu voudrais sans doute que nous parlions de ta mère ?

– C'est d'*Otte* que nous pourrions parler. »

Paraissant ne pas avoir entendu la question, le père dirigea vers lui un regard vide.

Brynjar demanda alors : « Tu te souviens du jour où nous avons vu le serpent de mer ? Eh bien, figure-toi que, pendant longtemps, j'ai ajouté une phrase à chacune de mes prières du soir : "Sauve-nous du serpent de mer et de tout ce qui nous veut du mal !" En vérité, comme nous *l'avions* déjà vu, cela ne me paraissait pas vraiment utile. Et cela ne m'a jamais inquiété quand j'étais en mer. C'est seulement ces temps-ci que je m'aperçois à quel point ça m'a pesé. C'est fou ce que je pouvais être bête. »

À nouveau le regard de son père se figea : « Tu venais peut-être me demander où se trouve l'assassin ? Eh bien, va plutôt voir le tribunal, ce sera exactement comme si tu t'adressais à Dieu le père. Le tribunal m'a rendu ma liberté jusqu'au jour du Jugement dernier. Tu n'auras qu'à te présenter ce matin-là. Car c'est à ce moment que la question sera tranchée.

– Mais je ne t'accuse pas !

– Et moi je ne t'ai rien demandé. Dis-moi plutôt ce que tu es. Eh bien ? (L'espace d'un instant il eut l'air absent. Puis il se mit à rire.) Ici, en tout cas, c'est moi que tu vois. Eh oui, c'est bien moi. Alors, tu regardes ?

– Puisque je t'ai dit que ce n'était pas toi ! »

Le père fit entendre un ricanement. Là-dessus, il leva les yeux vers le ciel, se passa la main sur les paupières et le front puis se remit à écrire des mots et des signes qu'il raya ensuite avant de se mettre à murmurer quelque chose et de siffloter un petit air.

« Le serpent de mer », dit-il en souriant d'un air absent.

Au bout d'un moment, il se tourna vers Brynjar et, ayant un peu cligné des yeux, donna l'impression d'avoir l'esprit plus clair.

« Des signes, disais-tu ? Eh oui, j'en ai vu des signes. Des signes que les autres attendent encore. Et qu'ils auraient d'ailleurs été incapables d'interpréter, ça c'est certain, sacredieu ! Moi j'ai vu les *sept veaux du ciel*. Ils me sont apparus. Ils passent au-dessus de la terre, et ils sont si blancs, si grands, que leur lumière irradie vers nos personnes et engendre pour nous des temps nouveaux. Et moi, de ma place, j'apprends à les connaître, je les appelle par leur nom au fur et à mesure qu'ils passent devant moi : le Beau, le Vrai, le Bon, le Juste, le Grand, l'Éternel, et le plus grand d'entre eux, l'Inconcevable.

Mais je ne suis pas homme à les garder, ni même à les abattre puis à les manger, non ! Grands dieux, ça m'est impossible, tout aussi impossible que d'aller détacher des étoiles du ciel sans me brûler les doigts. C'est ainsi que parlait je ne sais quel insomniaque ; en fait je crois bien que c'était moi. »

Il avait oublié Brynjar. Gardant les yeux baissés, il remuait la tête. Il se parlait à lui-même ; sa voix devenait de plus en plus étrange, modulant une lamentation ou un chant au gré de ce qui lui apparaissait dans sa solitude désespérée.

« Je ne croyais pas à ce genre de chose. Je n'y ai jamais cru. D'autres y ont cru ; d'autres croient à des idées, à des visions célestes et quantité d'autres choses. Moi, je croyais en elle, uniquement en elle. Et maintenant je m'en aperçois, et maintenant je le dis : quelles que soient les choses auxquelles nous croyons, c'est en nous-mêmes que nous croyons. En ce qui devrait être nous-mêmes. Il nous est impossible d'arriver plus haut. Nous ne les supporterions pas.

Pour elle j'ai tout sacrifié. Pour elle je me suis sacrifié moi-même. Et à celui qui viendrait poser des questions – maintenant, je te demande de bien m'écouter – à celui qui viendrait poser des questions, je dirais : celui qui a tué sa femme n'est pas toujours meilleur que sa renommée. »

Brynjar jugea qu'il était temps de partir. Pourtant, il posa encore une question à son père : « Il y a une chose que je voudrais te demander : l'anneau d'argent dont tu parles dans ton livre, est-ce que tu sais où il est maintenant ? »

Baissant le regard, Torberg se mit à réfléchir puis fixa Brynjar droit dans les yeux et lui dit : « En tout cas, je peux te dire une chose. C'est le propriétaire de l'anneau qui est le coupable. Un coupable condamné par la justice divine. Tiens, tu es encore là ? Alors je vais te raconter quelque chose que je n'ai pas écrit. J'ai préféré ménager ceux à qui c'est arrivé ou plutôt leurs descendants. Au cas où quelqu'un les reconnaîtrait.

Je vais donc te parler d'un homme qui avait une femme. Il l'adorait et n'avait pas remarqué que quelqu'un s'était dressé contre elle. Toujours est-il qu'une nuit il se réveilla et la vit debout au milieu de la chambre en train d'enfiler sa robe. Il resta immobile dans son lit car elle lui paraissait toute bizarre. Bien qu'elle semblât tout à la fois dormir et rêver, il était évident qu'elle préparait quelque chose. Étant allée ouvrir le tiroir de sa table, elle en sortit une petite bourse remplie de pièces d'argent, des pièces qu'elle avait accumulées au fil des ans et lui appartenaient en propre. Puis, munie de sa bourse, elle sortit sans regarder du côté de l'homme allongé.

Il se leva pour la suivre. C'était une vraie histoire de fou. Bravant la rosée, la jeune femme se mit à marcher à travers champs à la lueur de la nuit d'été. Elle avait mis un foulard clair qu'il ne lui avait pas vu porter depuis le soir de leurs fiançailles. À un moment, elle obliqua vers le bois situé de l'autre côté du champ.

L'homme la suivait toujours. Il n'aurait pas hésité à pénétrer derrière elle dans l'eau la plus glauque. Elle seule comptait pour lui. Eh oui, il y a des gens qui sont ainsi, ils sont incapables de posséder plus d'une chose à la fois. Et ces gens-là, moi je les appelle des pauvres car il faut avoir du cœur pour posséder beaucoup de choses, sinon, par une belle nuit, vous pouvez vous retrouver dépouillé de tout.

D'évidence, elle était frappée de somnambulisme, on le voyait à son port de tête. L'homme avait peur, il était très légèrement vêtu. Peut-être faisait-il partie de ces insomniaques que la moindre contrariété suffit à rendre à moitié fous ? Quoi qu'il en soit, elle continuait d'avancer et lui la suivait, la voyant devant lui telle qu'il lui était déjà arrivé un jour de la voir.

Mais, une fois à l'intérieur de la forêt, elle s'arrêta en face de l'arbre immense qu'on appelle le grand tremble. Là, elle resta un instant immobile, la main posée sur l'écorce qu'elle se mit ensuite à caresser. Puis, la tête reposant sur le bras, elle resta appuyée contre le tronc et lui, l'imbécile, il crut alors qu'elle pleurait. Au même moment, il se souvint qu'à cet endroit se trouvaient leurs initiales qu'il avait lui-même gravées. C'était là qu'ils s'étaient fiancés. À cette époque, les jeunes étaient coutumiers de ce genre d'enfantillages. Ils gravaient leurs noms dans l'écorce et prêtaient ensuite à ces lettres un caractère quasi sacré. En y songeant, il eut chaud au cœur et se dit que c'était bon signe.

Mais lorsqu'il la vit repartir, il ne crut plus aux signes ni en rien.

Traversant la forêt, elle descendit ensuite vers la côte. Il continua de la suivre et, la voyant escalader les rochers abrupts, fut conforté dans son idée qu'elle voulait gagner la mer. De toute façon, se disait-il pour se réconforter, si elle saute, je sauterai aussi et on verra bien ce qui se passera. À ce moment, il la suivait d'assez près. Apparemment plongée dans un profond sommeil, elle suivait l'étroit sentier qui surplombait la mer et était lui-même dominé par un abrupt rocheux. Elle grimpait comme une chèvre et il est vrai qu'il fallait être fou ou chèvre pour oser s'aventurer là. À tout moment, il s'attendait à ce qu'elle se fasse aspirer par le vide. Mais non, elle s'agrippait des mains et des pieds. En fait, c'était bien pire pour lui.

Finalement, elle arriva sur la grève. Il aurait volontiers rendu grâce à Dieu mais jugea que c'était prématuré. Car peut-être projetait-elle de fuir le village et de les quitter, lui et les enfants. Il n'était pas encore fixé.

Elle atteignit les maisons situées à l'ouest du port puis entra dans une masure où demeurait un pauvre hère.

À ce moment, il était si près d'elle qu'il la vit déposer la petite bourse sur une étagère située près de la porte. Bénie soit-elle, se dit-il, et bénie soit la terre de Norvège. C'était donc pour faire la charité ! Là-dessus, elle sortit et prit le chemin du retour. Sans le voir ni rien voir d'autre.

Il se glissa dans le lit avant qu'elle ne soit elle-même revenue et resta immobile comme une souche lorsqu'elle entra dans la pièce. Elle demeura longtemps au milieu de la chambre avant de se déshabiller. Pas un instant elle ne dirigea son regard vers l'endroit où il reposait. Pas une seule fois elle ne soupira. Jusqu'au moment où elle finit par se coucher et s'endormit comme à l'habitude.

Là s'arrêtait l'histoire. Mais il convient d'ajouter que l'homme se posa ensuite beaucoup de questions. Tous ceux qui sont au courant le confirment. L'homme apprit en effet que, le lendemain, le pauvre bougre était allé faire une course en ville puis s'était rendu dans sa propre ferme pour porter un message à sa femme. Il n'arrivait pas à comprendre ce qui se tramait entre eux.

Mais *moi*, je tiens à poser la question suivante : en quoi est-ce que ça le regardait ? D'ailleurs, des vieilles histoires de ce genre, j'en connais pas mal.

Quoi ? dit-il en fixant tout à coup Brynjar. Tu es encore là ?

– Qui avait l'anneau à l'époque où cette histoire s'est passée ? Toi ou maman ? »

Torberg étouffa un rire. À son visage, on voyait qu'il souffrait mille morts. Mais le pire, c'était qu'à certains moments il ne semblait plus très éloigné de Mattias ;

un homme peut-il vraiment aller si mal ? Et soudain, il enleva son anneau d'or, le regarda un moment, puis le gratta à l'aide de son canif, faisant alors apparaître l'argent.

« Regarde ! dit-il en montrant l'anneau à Brynjar. Oui. Le voilà. Et les signes que tu vois ici, ce sont les runes. Ce nom-là, il est venu plus tard, on ne s'en occupe pas. Oui, c'est d'elle que je le tiens, tu as raison. Tørris l'a fait dorer avant de le donner, pour effacer toute trace de sorcellerie. »

Il s'était levé et regardait l'anneau qu'il faisait tourner sur lui-même. Il lui disait des petits mots, parlant à voix basse mais d'un ton sec et dur : « Eh oui, c'est elle-même qui me l'a passé au doigt. Un signe sacré. Tu vois, m'a-t-elle dit, ça, c'est mon porte-bonheur, et il est pour toi. Ç'a été un grand moment ; pour elle. Pour nous. Voilà comment ça se passait à cette époque. »

Il aperçut Brynjar et se remit à rire : « Eh oui, tu as raison : c'est le coupable qui détient l'anneau. Tu avais encore autre chose à me dire ? »

Brynjar répondit d'une voix dure : « Et *toi*, tu crois que c'est Otte qui l'a tuée ? »

Souriant, Torberg remit l'anneau et dit : « Tu veux donc que nous nous engagions sur cette voie ? Otte, tu dis ? Qu'est-ce qu'il a à voir là-dedans, le bonhomme ? Mais non, mais non, bonnes gens ! Je peux vous jurer que le monde n'est pas si tordu que ça. »

Là-dessus, il se mit à arpenter la pièce pendant un moment puis se rassit.

Ce n'était plus tenable. Brynjar partit sans plus attendre.

NOUVELLES RÉVÉLATIONS D'ANE-MARGIT

« Tu ne te sens pas bien ? s'enquit Turid en allant rejoindre son frère dans le jardin. Je ne vois vraiment pas *qui* va pouvoir nous aider à sortir de là ! geignit-elle.

– Moi je pense que ce sera Otte », répondit-il.

Il n'y croyait guère, mais essayait de s'en persuader à cause d'elle.

Un jour, il rencontra Otte sur l'embarcadère des vapeurs. Engageant tout naturellement la conversation, ils se mirent à parler de choses et d'autres. Mais comment parler sérieusement avec quelqu'un qui avait *cette* tête-là ? Nécessité fait loi, trouva-t-il à se dire en guise de consolation.

Là-dessus, Ane-Margit envoya chercher Torberg. Elle avait eu une nouvelle attaque et crachait le sang. Sentant que la fin était proche, elle voulait s'entretenir avec lui avant de quitter ce monde.

« Il faut qu'elle soit *vraiment* malade, ricana Torberg. Pour qu'elle m'invite comme ça à venir la voir cracher le sang. Malade moralement et physiquement ! »

Brynjar insista beaucoup pour qu'il y aille.

« Et pourquoi donc ? » demanda Torberg.

Le regard tourné vers la fenêtre, il faisait une fois de plus la même réponse. Et pourquoi donc ? Mais soudain, apercevant le visage de son fils en face de lui, il écarta les bras et cria furieusement : « Je sais *tout* ! On ne peut plus rien m'apprendre. Mais, ajouta-t-il en laissant retomber les bras, il aurait fallu qu'on m'en dise plus. Je sais tout mais il aurait fallu qu'on m'en dise plus sur tout ce qui se cache derrière. »

Après quoi, secouant la tête, il baissa les yeux et ajouta : « Et puis moi, il faut que vous m'effaciez de vos tablettes. Comme j'ai un jour effacé quelqu'un. »

Il se tourna à nouveau vers la fenêtre et fit entendre un rire qui glaça Brynjar : « Ah Seigneur, Dieu d'éternité ! À présent, tu peux t'estimer satisfait. »

Comme à son habitude, Brynjar resta encore un instant puis, se sentant incapable de prolonger sa visite, décida d'aller chez Ane-Margit pour lui expliquer ce qu'il en était.

Elle était maintenant à la dernière extrémité et savait elle-même qu'elle n'en avait plus pour longtemps. Mais, dans ses yeux, se lisait encore l'espoir de vivre.

« Il ne vient donc pas ! chuchota-t-elle. Il est donc si endurci. Oh non, ce n'est pas possible ! »

Entre chaque mot s'écoulait un long intervalle.

« C'est peut-être la main de Dieu. La miséricorde divine. Comme ça, je ne dirai rien et pourrai tenir ma parole. Car j'ai promis à ta mère de garder le silence. »

Brynjar l'engagea cependant à tout lui raconter. Il était venu à la place de son père et, puisqu'elle devait recevoir les sacrements avant le soir, il fallait d'abord qu'elle se soulage le cœur. « Garder le silence revient à mentir », fit-il valoir. À la longue, elle finit par se laisser convaincre.

« Mais c'est toi qui devras en assumer l'entière responsabilité, gémit-elle. C'est ce naufrage qui me pèse ! Tu ne peux pas savoir comme ç'a été lourd à porter. Mais, par deux fois, j'ai juré à Arna de me taire. À cause de Torberg. Il ne fallait pas qu'il sache comment elle y avait été mêlée.

Eh oui, le moment venu, Arna n'a pu se décider à prendre Tørris. Elle avait beau tenir à lui, elle n'a pu franchir le pas. Il était bien trop adulte pour elle. Trop sombre, trop écrasant à ce que je crois. Eh oui, grand Dieu, tout ça ce sont des choses sérieuses. Et puis, non loin de là, il y avait quelqu'un d'autre, quelqu'un de jeune et de bien différent. Oui, tu as compris, c'était Otte. Pour tout dire, personne ne s'est étonné. Et moi encore moins que les autres. Je l'avoue, en pécheresse que je suis. Nous étions toutes deux folles de lui, et c'est Arna qui a gagné. Elle n'arrêtait pas de me harceler ; eh oui, c'est ainsi que ça s'est passé. Que Dieu nous pardonne encore une fois.

Mais son grand malheur ç'a été le *naufrage.*

À ce moment-là il y avait bien deux ans qu'elle était en ville. Non, elle n'habitait plus dans la ferme de Tørris : elle s'était installée dans une maisonnette située du côté du port, chez le Kilius. Moi je travaillais chez ta grand-mère, comme avant. Les bateaux étaient amarrés là, dans le détroit ; ils étaient arrivés le même soir et devaient ensuite repartir vers le nord. Tørris était remonté à bord. Il aurait voulu lever l'ancre immédiatement mais il n'y avait pas de vent. Sur le cotre de Torberg, il ne restait plus que le cuisinier.

Toute la journée et toute la soirée ç'avait été le calme plat. Je me rappelle encore la beauté du crépuscule. C'était la fin de l'été.

Ah, grands dieux, qu'est-ce que j'allais donc faire dehors ! Pour tout dire, je savais qu'en sortant de chez sa mère et avant de monter à bord Otte rencontrerait Arna. Cet été-là, il faisait équipe avec Tørris. Eh oui, j'étais intimement persuadée qu'ils se rencontreraient. Et c'était plus fort que moi, il fallait que je sorte pour assister à mon malheur. C'était comme ça. Je m'étais assise derrière un buisson, non loin de la remise des Bjørholt, et étais absorbée dans mes pensées. Soudain, une trombe d'eau a traversé l'air. Un vrai torrent. Un torrent fou, tu ne peux pas savoir ! J'ai cru que ma respiration s'était arrêtée et que j'avais été précipitée dans la mer. Je ne distinguais plus ni terre, ni mer, ni embarcations. Et au milieu de tout ce déchaînement, de cette fin du monde, il y a eu un coup de tonnerre ; jamais je n'ai entendu un fracas pareil et brusquement, des éclairs se sont mis à grésiller tout autour de moi. À ce moment-là, crois-moi, j'ai prié Jésus ! De toute mon âme. Et puis il fallait voir la mer : le flot, qui venait du sud-ouest et déferlait sur le détroit pour sortir de l'autre côté. Un souvenir épouvantable.

Et c'est à ce moment-là que j'ai vu ce que j'ai vu : Otte était sur le quai et il tapait à grands coups de pied sur l'amarre du cotre, oui, je l'ai *vu*, de mes yeux vu ! Oui, grands dieux, ce n'est pas la peine de le nier. Et la corde s'est détachée du bollard, ça aussi je l'ai vu. Et, juste après, j'ai vu le cotre qui se précipitait droit sur le ketch de Tørris ; oïe, oïe ! J'espérais qu'il n'irait pas plus loin.

J'ai bondi, mais la pluie était si violente que j'ai dû aller me réfugier dans la remise. Avec cette tempête il était impossible de se tenir debout. Les tuiles s'envolaient d'un peu partout et la barcasse ancrée devant le hangar avait chaviré. Soudain je les ai aperçus ensemble, Otte et Arna, ils sont entrés à quatre pattes dans l'endroit où j'étais. Mais ils regardaient dans une autre direction et ne m'ont pas remarquée.

Et alors, bon Dieu de bon Dieu, j'ai vu le Torberg qui arrivait en courant. Et pour courir, je peux te dire qu'il courait. Jusqu'au moment où il s'est arrêté pile. Et, à travers la porte, tout comme les deux autres qui se trouvaient à côté, j'ai vu ce qu'il a vu. Les deux bateaux qui s'éloignaient, l'un entraînant l'autre ; vers la mer et vers le naufrage. Encore maintenant c'est une vision insupportable. Et le Torberg, le pauvre homme, il a foncé vers la plage puis il a remonté la colline, en aveugle, au milieu de toute cette abomination. Finalement, il s'est enfoncé en plein dans la tempête pour s'assurer qu'il n'y avait plus d'espoir. Mais les bateaux, ils avaient déjà disparu, bel et bien disparu dans les paquets de mer et les trombes d'eau. Tørris, Tørris ! ai-je alors dit.

Mais les deux qui étaient près de la porte n'ont rien entendu. Il est vrai qu'ils avaient bien autre chose en tête.

Car, à ce moment-là, j'ai entendu ce que j'ai entendu, des mots dont je me souviendrai jusqu'à ma mort. "C'est toi qui as fait ça !" lui a-t-elle crié. "Tu m'as donc vu ?" lui a-t-*il* crié en retour. Et il est alors devenu comme fou. Je l'ai entendu jurer ses grands dieux que ce n'était pas lui : ce qu'il voulait au contraire, c'était fixer le cordage autour du bollard ! Bon Dieu, il fallait voir ça : il lui hurlait son innocence au visage, comme si c'était Dieu qui lui demandait des comptes. Et elle, elle le regardait. Je crois bien qu'elle pleurait. Ce que j'ai entendu en dernier, ce sont les mots qu'il a prononcés : "Ne t'avise surtout pas de dire que j'étais ici !" Et quand j'ai entendu qu'elle le lui promettait, je n'en ai pas cru mes oreilles. Je ne *pouvais* pas le croire ; ça me dépassait.

Et pourtant elle l'a bien promis. C'est fou ce que nous promettons. On ne devrait pas avoir le droit d'être femme. Il faudrait seulement être homme. Si je lui ai posé la question ? Oh que oui, et elle a avoué. Mais lorsque les autorités maritimes ont commencé leur enquête et tout le tremblement, elle a préféré se taire. Et Otte a fait pareil.

Et le Torberg, me diras-tu ? Eh bien il n'a même pas parlé d'eux. D'ailleurs, si ça se trouve, il ne les a pas vus. Tu ne peux pas savoir ce que les gens ont été méchants avec lui. Je me demande comment il a bien pu tenir le coup. C'est fou tout ce qu'on a pensé ou raconté sur lui et même tout ce qu'on lui a dit en face. On a dit qu'il avait la vie d'un homme ou même de deux sur la conscience. On lui a demandé si ça ne lui faisait pas plaisir que Tørris en ait réchappé. Moi, à ce moment-là, tu ne peux pas savoir ce que j'étais heureuse de le voir revenir ! Quant au cuisinier, je l'avais complètement oublié. Mais Torberg a tout pris sur lui. Dieu seul sait s'il s'en est ensuite remis.

Et puis, finalement, l'assurance l'a remboursé, à la fois pour le bateau et le chargement. Et, par-dessus le marché, il a eu Arna. Et elle, ça faisait déjà longtemps qu'il l'attendait. *Moi,* je le sais.

Quant à Otte, elle n'en a plus voulu dès l'instant où il a nié que c'était lui. Car c'est à ce moment-là qu'elle a vu ce qu'il était vraiment, c'est-à-dire un moins que rien. C'est fou ce que nous sommes différentes, nous les femmes. Je l'ai plaint. Je savais bien comment il était. Il n'avait rien d'un dur à cuire. Ah non ! J'ai beaucoup parlé avec lui après ce jour. Et il n'est rien arrivé d'autre, Dieu soit loué !

Elle avait demandé à Otte pourquoi il avait agi de la sorte. Il s'était d'abord contenté de rire en disant qu'il était comme ça et pas autrement, puis il avait répondu : « Je l'ai fait à la fois pour toi et pour moi. » Plus tard, il avait donné une autre explication, ne sachant pas que Tørris et le cuisinier étaient à bord, il s'était dit qu'il pourrait très bien laisser filer le bateau, lui qui était si pauvre, si malheureux et tout et tout. D'ailleurs, c'est vrai qu'il l'était. Peut-être avait-il une bonne raison de détester Tørris ? Mais sans doute le sait-il à peine lui-même.

Je l'ai exhortée à le dire à Torberg. Mais elle s'y est obstinément refusée. "J'ai juré solennellement de garder le secret, a-t-elle dit. Et je ne le révélerai pas. Ça fait trop longtemps que je le garde pour moi, a-t-elle ajouté en pleurant. Torberg ne doit le savoir à aucun prix. Personne ne peut comprendre à quel point je l'aime", a-t-elle dit encore.

J'ai dû lui promettre de ne jamais parler. Elle m'a raconté qu'un jour elle avait failli tout avouer. Mais au moment même où elle allait ouvrir la bouche, Torberg avait lancé : « Si j'avais appris que quelqu'un m'avait fait ce coup-là, je peux te garantir que je l'aurais tué ! Quitte à passer le reste de ma vie en prison. » Eh oui, ça prouve à quel point l'affaire lui tenait encore à cœur. Et Torberg Bjørholt est un homme d'honneur qui n'aurait jamais dit des choses pareilles s'il ne les avait pas profondément ressenties.

Sinon, après cet épisode, on l'a trouvé plus détendu. Moi, je n'ai jamais vraiment réussi à le comprendre. Il faut croire que ta mère y est arrivée. Elle l'aimait beaucoup trop. Et c'est allé en empirant. Que Dieu nous aide !

Quant à moi, je n'ai rien dit. J'ai passé toute ma vie à me soumettre et à courber l'échine comme une idiote. Maintenant c'est trop tard pour en parler. Et pourtant, je ne pourrai pas recevoir les sacrements avant d'avoir tout raconté. N'est-ce pas que ça ne fera de tort à personne ? Et il n'y a que toi et Torberg qui aurez besoin de le savoir. Il faudra que tu le lui dises. Et prie-le aussi de leur pardonner, à l'un comme à l'autre. Dis-lui de le faire en mémoire d'Arna. N'oublie pas. C'est grand de pardonner. Il le sait, *lui.*

Oui, il n'y a rien de plus grand. Moi je te dis que si, après cette histoire, Torberg avait donné l'impression d'être complètement abattu, tout le monde se serait empressé de tirer un trait sur l'affaire. Ils sont comme ça, les gens. Mais lui, tu vois, ce n'était pas dans sa manière. Et ils ont trouvé qu'il y allait un peu fort. Ce genre d'attitude, ça les dépassait. Et ce qui les dépasse encore, c'est son amitié pour Otte. Au fond, qu'est-ce que c'était, *tu* le sais, toi ? Hein ?

Le jour du mariage, oui. Hum, hum ! Quand ils se sont dirigés vers l'église, il y avait un chapeau accroché à un poteau planté au bord de la route. Eh bien, Brynjar, figure-toi que c'était le chapeau du cuisinier, le cuisinier de Torberg qui était mort. Et tout le monde l'a reconnu. La nuit de la tempête, le vent l'avait emporté de l'autre côté du détroit où on l'avait presque immédiatement retrouvé. Mais maintenant, c'était sur leur chemin qu'il était. À ce qu'on raconte, la mariée se serait trouvée mal. Mais, ce jour-là, Torberg avait décidé de rester Torberg, envers et contre tout. “Ce n'est qu'un chapeau de cuisinier ! s'est-il exclamé en riant. Pour des mariés, c'est bon signe.”

J'ai demandé à Otte si c'était lui l'auteur de cet exploit. Il a répondu qu'il n'y était pour rien. Mais *maintenant*, je ne sais vraiment pas ce qu'il faut en penser.

Ce qui est sûr, c'est qu'Arna détestait Otte. Et ç'a été comme ça jusqu'à la fin de sa vie. Elle avait sûrement ses raisons. En tout cas elle n'a pas arrêté de le voir puisque année après année, c'est lui qui s'est occupé de la ferme de Tørris ; et le Torberg l'emmenait assez souvent à la maison, ce qui fait qu'elle était obligée de le voir, lui qui était sa honte. Sa terreur. Jamais elle ne pouvait savoir ce *qu'il* raconterait.

L'homme est insaisissable. Personne ne sait ce qui se passe chez autrui. Je ne sais pas jusqu'où c'est allé entre elle et Otte. Et Dieu seul sait ce que savait Torberg.

Oh oui, Arna. La vie paraît bien longue pour qui n'arrête pas de marcher sur des charbons ardents. Comme ça t'est arrivé à toi. Pourtant, je sais très bien que tu n'aurais pas échangé ta vie contre la mienne. »

Après avoir laissé Ane-Margit se reposer un moment, Brynjar lui demanda : « Et cette nuit de la Saint-Jean où mon père a frappé Otte. Qu'est-ce qui s'est passé ? »

Elle ouvrit les yeux puis, l'ayant fixé un moment, les referma et resta immobile.

« Je ne sais pas, dit-elle ensuite d'un ton de regret. Je ne sais vraiment pas. »

Peu après, elle le regarda de nouveau : « Oui, qu'est-ce qui a bien *pu* se passer ? »

À présent, elle était trop fatiguée. S'étant recroquevillée dans son lit, elle redevint immobile.

Brynjar patienta. Tous ces événements, il avait l'impression qu'elle ne les racontait pas mais les lisait quelque part. Elle lisait l'histoire de leur vie comme dans un livre ouvert, mais il y avait un endroit où l'écriture devenait un peu floue. Au bout d'un long moment, elle finit par expliquer : « Tout le monde se rendait bien compte que quelque chose pesait sur Arna. Mais on n'arrivait pas à savoir ce que c'était. Puis il y a eu un moment où on a cessé de la prendre en pitié et on l'a laissée avec ce qu'elle avait. Et moi, en bonne pécheresse, j'ai fait comme tout le monde. Oui, oui, Arna. Tu n'aurais pas voulu échanger ta vie contre la mienne.

De toute façon, elle avait ses enfants pour l'occuper. Et puis son mari. Une fois, et même plusieurs, je lui ai demandé de tout raconter à son mari. Mais elle a répondu : "Ça ne servirait qu'à lui faire mal, à lui, aux enfants et à toute la famille. Dieu du ciel, il y a bien trop longtemps que je me tais." Et le dernier soir, elle a dit : "Mes enfants, tu ne veux quand même pas que je *les* détruise, non ?"

Après, elle a ajouté qu'on pouvait toujours avouer, que c'était facile pour celui qui le faisait, mais pour les autres ? J'avoue que je n'ai pas su quoi répondre. Si ça se trouve, son fardeau était bien plus lourd que je ne le croyais.

Eh oui, *me* voilà maintenant couchée ici. Peut-être que je vais m'en sortir encore une fois. Mais maintenant, je suis bien obligée d'observer le canton à distance. Et j'ai l'impression que tous les gens se sont mis à danser autour de quelque chose. Eux-mêmes n'en savent rien, ce qui ne les empêche d'ailleurs pas de penser qu'ils savent tout.

Tu es venu pour savoir ce que *moi* je sais. Eh bien, absolument rien, mon pauvre. Rien de rien. Mais prie le ciel de te donner assez de force pour affronter le jour où tu en sauras la moitié. Eh oui, c'est moi qui te le dis. J'ai vu ta mère pleurer comme un enfant battu. C'était le jour où je lui ai raconté ce qui s'est passé la nuit de la Saint-Jean. Et je peux te garantir qu'à ce moment-là elle n'était pas très fière. Mais je te le dis et tu le sais : le bonheur et le malheur ça va forcément ensemble.

Ah l'homme, l'homme ! Il ne faut surtout pas nous laisser étonner, ni par lui, ni par ceux qui gaspillent leur amour avec un pauvre type. Tu vois, j'ai même dit un jour que pour donner mon amour à un pauvre type comme Otte, il faudrait d'abord que j'apprenne à aimer mes ennemis. Mais nous, les femmes, on se demande vraiment pourquoi nous avons été créées. Toi non plus, tu ne le sais pas.

Va donc lui dire à Torberg ce qui pesait sur Arna. À moins qu'il n'ait lui-même réussi à s'en apercevoir. Et puis demande-lui pourquoi *il* a toujours gardé le silence. N'oublie pas. Je sais bien que c'était un gentil mari. Personne n'aurait pu en souhaiter de meilleur.

Eh oui, parfaitement, gentil ! À l'époque où je grandissais encore, je priais de toute mon âme pour avoir un bon mari. Mais j'ajoutais toujours : si je peux un jour en avoir un. Tu vois, j'étais quand même modeste.

Ne me dis pas que tu t'en vas tout de suite, Brynjar ! Tu pourrais au moins rester jusqu'à mon repas de funérailles. Tu pourrais me faire cette joie, n'est-ce pas ? Je possède ce qu'il faut pour qu'on m'enterre convenablement. Mais pas plus. Les gens s'imaginent que j'ai beaucoup plus d'argent que je n'en ai vraiment, mais c'est loin d'être vrai. Et puis d'ailleurs, ça m'est bien égal.

Peut-être que tu vas revenir encore une fois ? Non, ça m'étonnerait puisque je t'ai maintenant tout dit. Mais tu vois comme tout est sens dessus dessous : le temps m'est compté et pourtant je le trouve bien long. Si je comprends bien, tu n'as pas parlé avec Otte ? D'ailleurs, ce n'est pas la peine. »

En revenant chez lui, Brynjar se demanda entre autres : Elle non plus, elle n'a pas dit *ton père* ? Et à la fin, à quoi pensait-elle en parlant d'Otte ? Soudain, il aperçut Mattias qui était assis sur le bord de la route et se leva en le voyant, puis l'agrippa par la manche de la veste : « Eh ! J'ai une drôle de chose à te raconter. Mais dis-moi, qu'est-ce que ça va te faire d'entendre *la vérité* ? Elle est inscrite ici, dans ma tête. C'est moi qui *imagine* des mots sur les gens au fur et à mesure que le Malin les emporte. Et lui, tu sais, il emporte tous ceux qui sont intelligents. Mais moi j'y coupe parce que je vais dire la vérité sur eux. Et si tu lis la Bible, tu verras que, la vérité, c'est à des gens comme moi qu'il revient de la dire. Tu veux entendre ce que j'ai écrit quand ce crayon était tout neuf ? À cette époque, j'utilisais du papier. C'est sur tes parents. En fait, c'est sur les miens, mais ça s'applique aussi aux tiens, car ils sont de la même eau. Maintenant, tu ne bouges plus et tu écoutes. »

Là-dessus il se mit à chanter tout en remuant la tête avec gravité.

« Comme nous tous c'était un gars vraiment
comme il faut
Qu'était parfois sympa, qu'était parfois salaud
Et sur lui j'n'ai franchement rien à raconter.
L'moment venu c'est l'Malin qui l'a emporté.
Pour elle, c'était pire, car longtemps elle a vécu ;
Ni se noyer ni se pendre n'a jamais voulu.
De nous elle s'est ri et la mort elle a bravé.
Le Seigneur l'a prise tout entière comme elle était.

Oui et puis j'ai fait une épitaphe pour ton oncle ; comme ça il n'aura pas à la faire lui-même quand il mourra. Je te la dis :

Il était une fois un marchand qui jamais n'avait
de thé
Cela ne se fait pas par ici à ce qu'il racontait.
Quand même, il t'en faudrait de temps en temps,
lui répétait-on.
Non disait-il, il y aura toujours des gens
qui l'achèteront.
Alors les gens furieux demandèrent au diable
de le prendre
Et le diable l'emporta sans jamais vouloir le
rendre.
Que peut-on bien faire d'un marchand qui
de thé ne veut vendre.

Eh oui, c'est comme ça à l'intérieur. Maintenant tu es au courant. Et le gars, il vient les chercher. Pas vrai !

– Et moi alors ? s'enquit Brynjar.

– Toi tu es de ma famille et tu n'as rien à craindre. Pour être sauvés, nous n'avons qu'à chanter comme à l'église : "Voilà qu'arrivent tes pauvres petits." Mais c'est bizarre, tellement bizarre, mon gars :

Ton père était un bœuf de trait, ta mère une jument
Saute et sautons
Et pourtant ta sœur est un oiseau blanc.

Ce n'est pas ton père qui a tué ta mère, c'est elle qui l'a tué. Si tu peux me donner un autre crayon je vais écrire un long poème. Et puis je vais écrire une lettre à quelqu'un pour lui dire de changer de mari. Il faut qu'elle en ait un tout blanc ; on l'attend, on l'attend !

Mais, mon gars, il ne faut pas rester là à regarder dans l'obscurité car, l'obscurité, elle pourrait très bien s'ouvrir devant toi. Regarde plutôt le ciel. *Lui,* au moins, il ne va pas s'ouvrir. Et maintenant j'aimerais bien que ton père vienne me tenir compagnie.

– Non, non ! l'interrompit Brynjar. Veux-tu bien te taire ! »

Il resta un long moment à regarder Mattias avant de se ressaisir. Car c'était par des gens comme lui qu'on apprenait la vérité. À ce moment, il se rappela que c'était sans doute à cause de sa marâtre que le malheureux avait perdu la raison. Jamais elle n'avait pardonné à son père d'avoir eu une femme avant elle.

« Tu aimes bien voir des gens dans le malheur ? s'enquit-il.

– Oh que oui, mon gars ! Les autres, il faut qu'ils aiment leur prochain, qu'ils l'excusent, qu'ils disent du bien de lui, qu'ils voient toujours ses bons côtés. Eh bien moi, je n'ai pas de prochain et je peux me permettre de rire. »

Là-dessus, il s'en alla en claudiquant.

Ce jour-là, Henrik mit la moissonneuse en marche, la faisant chanter au beau milieu de la paisible après-midi. Quant au reste, ce qu'il savait et ne savait pas, c'était sans importance. Il avait tout laissé tomber.

Il regardait le trèfle tomber. C'était une de ses joies. Et Mattias avait les siennes.

CHEZ OTTE

Trouvant cette certitude trop pesante, Brynjar décida de se confier à Turid : « Je sais maintenant qui est mon père, lui lança-t-il. Les gens me l'ont dit sans s'en rendre compte. C'est Otte, eh oui. J'en mettrais ma main au feu. Mais ma parole, ça n'a pas l'air de te surprendre. Tu étais donc au courant ?

– Non, mais j'y ai moi-même songé. Je ne le nie pas. De toute façon, je ne vois pas ce que ça nous apporte.

– D'accord. Mais tu as peut-être songé que c'était lui le *coupable* ? Et toi, tu aurais un père, voilà ce que ça t'apporte. Je crois que ce mauvais coup, c'est à Otte qu'on le doit. C'est lui qui a tout manigancé. Si ça se trouve, c'est lui qui a poussé papa – je parle maintenant de Torberg – à le faire à sa place. De fait, il y a eu une victime et un meurtrier tandis que lui restait en dehors de l'affaire et s'en lavait les mains. C'est comme ça. Eh oui, que Dieu nous aide, comme on dit. »

Quelque peu décontenancée, Turid lui dit : « Tu te sépares donc de ton père pour l'innocenter ? »

C'était la vérité toute bête. Il la regarda un instant sans souffler mot.

« Quand on se met en quête de la vérité, il faut être capable de l'assumer, finit-il par murmurer. Ça aussi c'est la vérité toute bête, entendit-il.

– Oui, répondit-elle doucement, toujours aussi décontenancée ; à la grâce de Dieu, comme on disait jadis. »

Courageusement, ils décidèrent d'examiner la question, car il fallait que Brynjar se prépare à affronter Otte, affronter celui qui était à la fois son père et son ennemi. Et il aurait été vain d'y aller sans arme.

Là-dessus, Brynjar entreprit d'aller voir les gens pour leur faire la causette. Ainsi espérait-il trouver quelqu'un qui détesterait suffisamment Otte pour révéler *la vérité* à son propos. Cependant, comme il s'y attendait, cet homme n'avait pas d'ennemi. Peut-être n'avait-il pas davantage d'amis mais, comme il était l'un des leurs, les gens l'avaient à la bonne. Brynjar était moins intéressé par ce qu'on pourrait lui dire sur Torberg car il avait déjà obtenu son content de renseignements.

Finalement, exaspéré de revenir bredouille, il se dit : c'est justement quand on enrage de ne pas avancer qu'on devient dangereux ; dans ces moments-là, rien ne vous résiste. Et maintenant, il va falloir que le meurtrier dise la vérité. J'y vais d'ailleurs de ce pas.

Néanmoins, il monta d'abord chez l'homme du grenier.

« Tu as le bonjour d'Ane-Margit. Elle m'a tout dit sur le naufrage qu'on t'a accusé d'avoir provoqué. En fait, c'est Otte ; elle l'a vu comme je te vois en train de détacher l'amarre. »

Torberg sifflotait d'un air indifférent. Tout à coup, il joignit ses mains sur sa poitrine, leva les yeux au ciel et dit en riant : « C'est donc dans des trucs comme ça que tu fouines.

– C'est lui qui a fait le coup, le sale coup.

– Tiens, tiens. Hum. Et qu'est-ce que tu voudrais qu'on lui fasse au criminel ? Qu'on le décapite ou qu'on le pende ? »

Il eut un petit rire et poursuivit : « Ouais, l'Otte, tu sais bien que je l'ai entr'aperçu cette nuit-là. Et sans doute aussi quelques autres, Dieu seul le sait. Tu souhaiteras le bonjour à Ane-Margit et, tant que tu y es, tu lui signaleras qu'elle aussi je l'ai vue ; elle était trempée comme une soupe. »

Après avoir tambouriné un moment sur la table, il se mit la tête entre les mains. Lorsqu'il la releva, son regard s'était embrumé.

« Il n'y a rien de vrai, dit-il. Rien de vrai. Sauf que le coupable c'est bien celui qui a l'anneau d'argent. Tu y as réfléchi ? Et ça c'est aussi vrai que le soleil se lève ou que la pluie tombe. Quoi ? »

Ayant fait un effort pour se ressaisir, Brynjar se dit : cet homme-là n'est pas ton père et, dans un sens, ça te console. D'ailleurs, on dirait maintenant qu'il va mieux, il a bien trop mal à la tête pour y penser. En fait, c'est plutôt toi qui ne sais plus où tu en es. Tu ne sais même plus si tu souffres encore. Vas-tu seulement oser t'en assurer ?

De là, il n'y avait plus qu'à aller chez Otte, l'homme censé être son père. Enfin, sa décision était prise et il était maintenant en route.

À un moment, il remarqua que les nuages déraisonnaient étrangement. Se touchant de leurs longues plumes blanches, ils couvraient la moitié du ciel puis, se tortillant et faisant mille manières, commençaient plus loin à extravaguer. Le ciel ressemblait de plus en plus à un champ pris dans une tourmente de neige. S'asseyant sur une pierre, Brynjar prit le temps de regarder. Sans doute les nuages savaient-ils très bien eux-mêmes ce qu'ils souhaitaient raconter. D'ailleurs, ils se rassemblaient à nouveau. Il se leva pour partir, il avait encore du chemin à faire.

Après avoir marché quelque temps dans la forêt, il tomba sur Otte. Le hasard faisait bien les choses. Ils s'assirent chacun sur une souche.

« Tu as l'air étonné de me voir, dit Brynjar.

– Tu ne te trompes pas de beaucoup, dit Otte avec un petit rire. Je m'étonne de tout ce qui existe et de tout ce qui se passe. Seulement, je n'accepte jamais qu'une chose m'étonne plus qu'une autre. »

Et Otte se mit à sourire à la fois comme un enfant et comme un sage. C'était encore un beau gars aux cheveux blonds qui ne ressemblait guère aux autres. Mais comment imaginer qu'il ait eu quelque chose à voir avec sa mère ? J'aurais préféré qu'il se fasse assassiner avant de rencontrer maman ! se dit Brynjar. Cet homme avait beau être direct et bavard, il était impossible de parler avec lui. Brynjar se sentait oppressé par ces yeux moqueurs qui semblaient lui dire : eh oui, c'est ton père que tu as devant toi, tu le sais bien, tu as beau le nier, c'est l'évidence même, et je suis sûr que tu vas bientôt me poser la question.

Pourtant, lorsqu'il le regardait bien en face, Brynjar ne pouvait s'empêcher de songer : si c'est vraiment quelqu'un de déloyal, il va falloir chercher longtemps avant de trouver quelqu'un qui ne le soit pas. Mais, tout de suite après, il entendait l'ironique chuchotement de ses regards : Dis-toi bien que moi et ta mère…

« Bon Dieu de merde ! dit Brynjar en crachant.

– Ça te semble laid par ici ? s'étonna Otte. Eh bien, moi, je trouve ça beau. C'est ton père qui m'a trouvé cet endroit. En fait, c'est comme qui dirait un cadre de vie à son goût. Crois-moi, la nature est belle par ici. Regarde comme elle a bien fait les choses. »

Et Otte de montrer tout ce qui l'entourait : la forêt, les collines dénudées puis, en contrebas, des champs, des marécages et la mer.

« La nature, elle enjolive tout, tu ne trouves pas ? Et, en plus, c'est fou ce qu'elle nous apprend. Moi, elle me rend poétique. Il y a des moments où je pourrais chanter, chanter sur le temps qui passe et cette époque. Eh oui, mon gars ! »

Mais, tout en bavardant et blaguant, il guettait le moment où son interlocuteur allait lui dire pourquoi il était venu. Et son calme narquois faisait mal à Brynjar, lequel n'eut plus qu'à jouer la carte du désespoir. Il regarda Otte droit dans les yeux, comme pour montrer qu'il était bien son fils, qu'il souffrait mille morts et était prêt à tout admettre.

« Toi qui es en dehors du coup, il faut absolument que tu me dises si c'est Torberg le meurtrier.

– Ah bon, sourit Otte, il va donc falloir que je l'innocente à mon tour ?

– Tu sais bien qu'ici personne n'a voulu s'en charger.

– Tu as parfaitement raison. De nos jours, les gens ne sont plus comme ça. Il n'y a pas très longtemps nous avons eu un prédicateur par ici, et il a dit qu'il y avait maintenant chez les gens un *esprit moderne*. Et lui non plus ne savait pas comment y remédier. Mais ma parole, on dirait que tu as le mal de mer. Tu y serais donc sujet, toi qui viens de l'océan ? »

Il continua de parler, mais Brynjar ne l'écoutait plus. Il se demandait maintenant ce que les filles pouvaient bien lui trouver, à ce type. Un brave garçon, d'accord, mais, en général, ce n'est pas tellement ça qui les attire. Un beau visage à ce qu'elles disaient. Oui, on aurait pu le trouver beau, si vraiment ç'avait été un visage. Or, il avait tous les visages à la fois et cela ne le rendait pas plus riche pour autant.

« Non, après tout, tant pis pour papa s'il souffre. C'est sur maman que je voudrais en savoir un peu plus. Jusqu'ici je ne me suis guère soucié d'elle.

– Et c'est seulement maintenant que ça te travaille ?

– Je viens de chez Ane-Margit. Elle n'en a plus pour longtemps et elle m'a raconté quelque chose.

– Quelque chose ? Eh bien, ça ne m'étonne pas du tout. Si quelqu'un a de la mémoire, c'est bien elle. Mais qu'est-ce que tu voudrais que je te dise, *moi* ?

– Elle m'a raconté comment s'est passé le naufrage, tu sais, celui que Torberg aurait provoqué.

– Eh oui, tu vois bien qu'elle a une mémoire d'éléphant. C'est d'ailleurs quelqu'un qui dit la vérité et tout à l'avenant. Mais oui, je ne plaisante pas.

Oh là là ! Tu ne peux pas savoir comme ça a soufflé cette nuit-là, mon gars. Sacredieu ! Mais tu voudrais peut-être bien savoir quelle mouche m'a piqué de faire cette blague ? Car quand il arrive une histoire de ce genre, on croit forcément qu'il y a une raison plus profonde ; en tout cas, moi c'est tout de suite ce que je me serais dit.

Pour ma part, ça ne me gêne absolument pas de te raconter ce qui s'est passé, mais je mentirais en disant que j'y vois un devoir sacré. Si Ane-Margit s'avisait de tout raconter à d'autres qu'à toi, elle raconterait des *blagues*, tu me suis ? Car il faut que je pense à ma descendance, j'ai une fille adulte. Si encore Ane-Margit avait la bonne idée de mourir, mais non, mon gars, elle s'obstine. Mais, comme je te l'ai dit, si elle raconte quelque chose, *eh bien*... Bon, nous sommes d'accord.

Ah, bon Dieu, il s'est quand même passé des drôles de trucs en ce bas monde. Et pourtant, il suffit de raconter la vérité pour qu'on ne vous croie plus. Comme l'a dit le Bjørholt : "Ils ne vont sans doute pas me croire puisque c'est *vrai*." Ça, c'est sûr, il parle d'expérience.

Toi, tu me croiras si tu veux : en tout cas ce n'était qu'une blague. J'ai été pris d'une envie irrésistible de donner un coup de pied dans cette maudite amarre, au moment même où elle se distendait. Et c'est exactement ce qui s'est passé. Du coup le bateau est parti et a entraîné le ketch avec lui. Et moi, je suis resté là comme un idiot à les regarder partir.

Alors, qu'est-ce que tu en dis ? Des gamineries ? Eh oui ; n'empêche que la plupart des gens chercheront une raison plus profonde.

Je te l'ai déjà dit : tu n'es pas forcé de me croire. C'est bien moi qui l'ai fait. Seulement, je ne peux pas répondre de mon acte. Sois béni, mon enfant, comme dirait Ane-Margit. Du coup, je n'ai plus qu'à me taire. Par la suite, Torberg s'est trouvé dans la même situation et il a bien fallu qu'il se taise lui aussi. »

Subitement, il partit d'un grand rire heureux : « Tu ne peux pas savoir à quel point il m'a détesté pour cette farce ! Et pourtant, il savait bien que je ne pensais pas à mal. Voilà donc comment ça se passe, c'est ainsi que vont la vie et les choses : il me déteste parce que c'est moi qui devrais le détester. C'est même allé si loin qu'il a été obligé de m'aimer. Comprenne qui voudra...

Eh oui, j'avais la conscience pure, tellement pure que j'aurais pu l'encadrer et l'accrocher au mur.

Si j'ai peur de lui ? Non, il n'y a pas de raison. Nous sommes toujours amis. Je ne vois pas pourquoi ça aurait changé ?

Mais arrêtons de parler comme ça. On dirait deux commères. Raconte-moi donc plutôt quelque chose d'un peu drôle, une histoire de marin et de guerre, quelque chose de bien sinistre ! Bon Dieu, ça fait tellement longtemps que je n'ai pas fait de bêtises ! Qu'est-ce que tu as à me regarder comme ça ? Tu ne peux pas savoir comme tu as l'air bête. Ah oui, tu es encore en train de penser au bateau ? Mais dis-toi bien que c'est de l'histoire ancienne, mon gars, ça fait longtemps, déjà une génération. Eh oui, c'est bien loin tout ça, à la fois l'acte et le péché. Le cuisinier qui était à bord ? Tu crois peut-être que j'étais au courant ?

Et pourquoi est-ce que Dieu ne l'a pas sauvé comme l'oncle Tørris ?

Et puis, comme tu le dis, il y a le témoignage et l'aveu. Mais ce chapitre-là, ce sera pour plus tard.

Je reviens maintenant sur ce que je voulais te dire. Je vais être un brave type, bien honnête, ça fait tellement bonne impression. Il y a donc un petit quelque chose que j'ai oublié de te préciser, quelque chose qui *pourrait* bien être vrai ; tu sais, je suis loin de tout savoir, même pour ce qui me touche personnellement.

Tu as appris que j'ai été fiancé avec ta mère, n'est-ce pas ? Tu préférerais peut-être qu'on n'en parle pas ? Ce n'est pas que j'en aie vraiment envie. Mais ce ne serait pas mauvais que tu entendes l'histoire encore une fois. Et, pour te la raconter, il vaut mieux quelqu'un qui soit vraiment au courant.

Bon, alors il y avait elle et moi, qui étions comme deux malheureux dans une vallée de larmes. D'abord, c'est avec Tørris, avec mon oncle, qu'elle aurait dû se marier ; et ça, tu es déjà *au courant* ? Évidemment, ça peut paraître extravagant. Comme si on te parlait de la peste noire ou de bûchers de sorcières. Il s'en passait des drôles de choses à l'époque. Mais ça, c'est sans doute ce qu'il y a eu de pire.

Eh oui, elle était condamnée à se marier avec le Tørris. C'était son père adoptif, bien sûr, et c'est justement pour ça qu'elle était censée l'accepter. Le problème, c'est qu'elle n'en avait pas la moindre envie ; ça l'a rendue folle et elle l'a quitté pour aller directement en ville. J'ai rarement été aussi heureux que ce jour-là, encore que, du même coup, elle m'ait quitté moi aussi et que je me sois retrouvé gros Jean comme devant, tout comme mon oncle ; oui, ça c'était *avant* que nous soyons fiancés. D'ailleurs, le Tørris lui avait donné l'argent du voyage, ce n'était pas le mauvais bougre. Elle lui avait raconté qu'elle voulait entrer en apprentissage chez quelqu'un. Il y a de quoi rire !

Néanmoins, il y a quelque chose que je ne sais pas. Ou plutôt si, quelque chose que je sais et que pourtant je ne sais pas.

Sache bien que je n'ai pas voulu renoncer et que je suis allé en ville pour lui parler. Elle était plutôt découragée. Je n'insiste pas. Toujours est-il que je suis revenu et qu'elle a finalement accepté de retourner avec moi dans le canton. Mais elle n'a pas voulu aller habiter dans la ferme de Tørris, elle est allée s'installer plus au nord, dans le port, chez Petrus Langkilen, Kilius comme on l'appelle. Elle a logé chez lui et a tenu sa maison en attendant mieux. Nous, on avait beau être pauvres, on voulait se marier. Mais comment aurais-je pu oser ? C'était impossible. Ça, je peux te dire que c'était une *époque,* mon gars. Une fille comme elle qui voulait bien me prendre, moi qui n'étais qu'un pauvre bougre ! Mais pour moi, il n'était pas question d'accepter, non. J'en souffrais, et elle encore plus. Bien sûr, nous avions le rire facile mais la vie, elle, elle était drôlement difficile : ça, au moins, c'est sûr. Souviens-t'en avant de me tirer dessus à boulets rouges.

Je ne sais pas si ç'aurait servi à quelque chose de demander de l'aide à l'oncle Tørris mais, de toute façon, je n'aurais jamais pu, à cause d'elle ; il n'était pas question qu'elle descende aussi bas, je me l'étais juré. Eh oui, mon oncle ! je me l'étais juré.

C'est peut-être bien ça que j'étais en train de me jurer quand j'ai envoyé le ketch sur son cotre, quand j'ai vu la tournure que ça prenait ? Mais c'est sans rapport avec l'affaire.

En tout cas, c'est un forfait qui m'est tombé dessus. Comme un meurtre imprévu. Un meurtre à contrecœur. Pour ainsi dire, mon premier meurtre. Je pourrais affirmer aussi que c'était sa faute à elle, mais ce serait *trop* bête. Quoi qu'il en soit, ça m'est tombé dessus et du coup l'affaire a été réglée. Ç'a été formidable, mon gars, comme ça je n'ai pas eu besoin de penser à l'avenir.

Mais pourquoi faut-il qu'un demeuré comme moi se torture de la sorte ? Comment se fait-il que l'injustice s'épanouisse si bien sur nous ? ai-je demandé au Seigneur. Et celui-ci a répondu froidement que l'injustice, il fallait bien qu'elle s'épanouisse quelque part.

Au diable tout ça ! Le Tørris, il a réussi à s'en sortir et ça m'a fait drôlement plaisir. Tu ne peux pas savoir le cri que j'ai poussé quand j'ai appris qu'il était revenu. Oui, bien sûr, le cuisinier y est resté. Mais puisque je n'avais pas imaginé un instant qu'il ait pu être à bord.

Et c'est alors que la punition m'est tombée dessus. Car c'est lui, le Torberg, qui a eu la fille. Eh oui, Dieu en a ainsi décidé, à ma barbe ! Et moi je me suis retrouvé tel que tu me vois maintenant. Déshonoré. Aux yeux d'Arna tout au moins. Bon, bon mais tout ça, dans *un* sens, tu le sais déjà.

En fait, c'est peut-être en commettant le forfait que j'ai vu. Vu que c'était le Torberg qui allait avoir Arna. Car il a bien fallu que je le voie, tu ne crois pas ? Ç'a dû être comme un éclair intérieur ou quelque chose du même genre. Je m'en étais bien rendu compte qu'il mettait toute son énergie à attendre, qu'il était d'une patience à toute épreuve. Il se serait coupé la main pour elle. Mais moi à ce moment-là, j'ai poussé un jurement, exactement le même que maintenant : sacré bon Dieu de merde. On en a bien le droit, non ? »

Otte, qui s'était couché dans la bruyère, se tourna alors sur le dos, étendit les bras et resta à regarder le ciel. Là-haut, les nuages blancs n'arrêtaient pas de changer de forme. Un spectacle ininterrompu mais silencieux, presque souriant. Seulement à quoi bon tout cela ?

Soudain Otte se leva puis, regardant Brynjar, se mit à rire de ce rire à la fois gai et malheureux dont il était coutumier : « La femme aime bien nous dire qu'elle nous a envoyé promener, mais peut-on être sûr qu'elle nous pardonne ce forfait ?

Pour ce que j'ai à te dire, il va falloir que tu attendes encore. Tu devras d'abord aller chez le Kilius du port pour lui faire dire quelques petites choses. Tu le salueras de la part de ta mère. Ouais, mon gars, il va falloir en passer par là. Moi je ne te *dirai* plus rien avant de savoir ce qu'un jour il est allé faire en ville pour ta mère. De toute façon, tu t'es lancé dans une mission qui n'a rien de très honorable, pas vrai ? Tu n'as qu'à lui faire croire qu'elle lui a demandé d'avouer. Et aussi que ton père est au courant de ta démarche. Il va bien falloir que ce maudit bonhomme crache le morceau. Un jour qu'il était saoul, il en a un peu trop dit ; et maintenant, c'est à toi de le réchauffer. Tu n'as qu'à lui demander de te faire traverser le détroit et lui donner un petit verre d'eau-de-vie en échange. Mais rappelle-toi qu'il a le péché dans le sang et qu'il est drôlement malin. Il serait bien capable d'avoir inventé la poudre. Mais si tu t'y prends comme il faut, tu pourras lui faire cracher tout ce qu'il sait. Et il va bien falloir y arriver un jour ou l'autre.

Oh ouais, c'est fou tout ce qui se passe autour de nous. Dans le canton, dans le monde entier, il y a toute une trame d'événements, et tous ont leur importance.

Mais je l'ai déjà dit, c'est le Kilius que tu dois voir. Si besoin est, n'hésite pas à le secouer. »

KILIUS

Ayant transporté Brynjar de l'autre côté du détroit, Kilius eut droit au petit verre du rameur puis à quelques autres lorsqu'il vint le rechercher au bout d'une heure. Mais plus il en absorbait, plus il avait l'air roublard et, à l'éclat de ses yeux, on voyait bien qu'il comprenait pas mal de choses. Brynjar s'astreignit alors à nourrir la conversation. Jusque tard dans la soirée, il resta dans l'unique pièce et, multipliant les allusions à ses parents, parla tantôt de la pluie et du beau temps, tantôt de la mer et du vaste monde. Stupéfait, il se demandait jusqu'où il allait devoir s'abaisser et en avait froid dans le dos.

De l'aveu général, Kilius était l'homme le plus pauvre du canton. Il était le seul à habiter une maison aussi minuscule et à porter des vêtements aussi haillonneux. « On dirait qu'il n'a rien mangé depuis l'année dernière », avait dit un jour quelqu'un. Pour autant, il était tout ce qu'il y a de plus vivant et semblait extrêmement satisfait de son sort. Il poussa l'obligeance jusqu'à préparer du café qu'ils accompagnèrent tous deux d'un petit remontant supplémentaire.

Enfin, se ressaisissant, Brynjar demanda aussi naturellement que possible ce que sa mère l'avait un jour chargé de faire en ville. Elle lui avait apporté ici un sac rempli d'argent, c'était bien ça ? En pleine nuit, n'est-ce pas ?

Kilius le darda d'un œil étincelant puis partit d'un grand éclat de rire. D'évidence c'était très drôle, et il eut le plus grand mal à retrouver son sérieux pour avaler une gorgée de café.

« C'est que t'es futé, mon petit gars ! (de nouveau il éclata de rire) Et tu croyais vraiment que j'allais entrer dans ton jeu ? Que tu allais réussir à me faire témoigner et à m'interroger ? Non, mon gars, tu ne m'as pas encore assez arrosé. Et si tu me disais plutôt qui t'a envoyé par ici ? » continua-t-il en effleurant Brynjar de la main.

Toute honte bue, Brynjar lui débita son mensonge d'un cœur léger. Il lui dit que, sur son lit de mort, sa mère avait eu une pensée pour lui et, se montrant assez persuasif, ajouta deux ou trois phrases du même genre. Là-dessus, restant coi, il attendit. Et il remarqua que, peu à peu, ses paroles produisaient leur effet. Le vieux n'arrêtait pas de gigoter sur son tabouret.

« Ah bon, du moment que c'est comme ça, c'est autre chose. Ouais, tu sais, moi je te crois quand tu racontes la vérité. Et puis ton père aussi je le croyais quand il parlait sérieusement, oui je le croyais. Et ta mère encore plus, eh oui. Je l'aimais bien ta mère, et elle aussi elle m'aimait bien ; oui, vraiment. Pour elle, j'étais celui en qui on pouvait avoir confiance, l'homme qui savait se taire ; et ça, je peux te dire que c'était tout ce qu'il y a de plus vrai. Personne n'a encore réussi à me tirer les vers du nez. Et toi tu n'y arriveras pas plus qu'un autre, mon petit gars. »

Regardant Brynjar, il ne put s'empêcher de rire une nouvelle fois. Brynjar crut qu'il avait échoué.

« Tu sais qu'à cette époque j'étais dans le commerce. Je passais mon temps à vendre et à acheter des œufs ou des fourrures et puis je faisais toutes sortes d'affaires : j'allais en ville une fois par mois, c'était réglé comme du papier à musique. Et des affaires, j'en faisais bien plus que ton oncle, c'est sûr. Maintenant, c'est fini les affaires, il y a des hauts et des bas. Bon, bon. Donc, un jour que j'étais à Vangdal pour mes affaires, j'ai dit que je devais me rendre en ville le lendemain. Et maintenant je vais te raconter exactement ce qui s'est passé. À toi et à toi seul !

Lorsque Arna m'a entendu, oui, c'est bien de ta mère qu'il s'agit, elle est venue me parler seul à seul. Et elle m'a fait prêter serment, eh oui, prêter serment. Et il a donc fallu que je la regarde droit dans les yeux en lui jurant que je ferais ce qu'elle me demanderait. C'est la seule fois de ma vie que ça m'est arrivé. Elle m'a cru sur parole ; et pour moi, c'est certainement ce qu'elle a fait de plus sage dans sa vie. D'ailleurs, elle ne l'a pas regretté un seul instant. Tu sais qu'elle s'était occupée un certain temps de ma maison avant de se marier ? Eh oui…

Bon et maintenant, comme tu l'as dit, il y a eu ce petit sac rempli d'argent qu'elle voulait faire parvenir à quelqu'un de la ville à tel et tel endroit. Et ça lui tenait tellement à cœur que même un pécheur endurci n'aurait pu lui dire non. Ce qui m'échappe, c'est pourquoi elle n'a pas voulu tout de suite me confier l'argent. Quoiqu'en y pensant ça ne m'échappe peut-être pas tellement. Il fallait qu'elle se donne le temps de *réfléchir*. C'est comme ça, les femmes. En attendant, elle m'a vendu un grand panier d'œufs à un prix tout ce qu'il y a de raisonnable. Eh oui ! D'ailleurs, ça n'a pas été la dernière fois. »

Effleurant le genou de Brynjar, il répéta : « Ç'a n'a pas été la dernière fois.

L'argent, elle m'a dit qu'elle me l'apporterait dans la soirée, mais qu'elle arriverait peut-être assez tard. En fait, elle n'a pas vraiment dit que c'était de l'argent. Elle a seulement parlé d'un sac que je devais remettre à la femme qui habitait au 16 de la Dalgata, à droite du porche. Alors moi, je lui ai répondu que je connaissais l'endroit, ce qui était vrai. Car tu vois, avec mon commerce, je fréquente pas mal d'endroits. J'ai même pu lui dire que c'était un vieux couple qui habitait là et qu'ils avaient chez eux une gamine. Une belle petite, mais qui n'était pas à eux. J'ai ajouté qu'ils l'avaient sans doute recueillie du fait qu'ils ne pouvaient pas eux-mêmes avoir d'enfants. À moins que ce ne fût leur petite-fille ou je ne sais qui du même genre.

À ces mots, ta mère est devenue toute *drôle*, et je dois dire que j'y pense souvent. Quant à moi, tu imagines sans peine que j'avais ma petite idée sur la question, je ne suis pas si bête que ça. Elle avait une peur bleue que Torberg nous surprenne, ça se voyait comme le nez au milieu du visage. Et puis je comprenais aussi pourquoi, ces derniers temps, elle m'avait vendu les œufs si bon marché à la ferme. "Il ne faut pas avoir peur comme ça, je lui ai dit, c'est à moi que tu as affaire et moi, quand je promets quelque chose, on peut me faire confiance. Même que tu pourrais très bien me dire de quoi il retourne. Mais ne te fais pas de bile, je ne suis pas de ceux qui cherchent à savoir ce qui ne les regarde pas. Alors je ne te demande rien, cochon qui s'en dédit."

Eh bien à ta santé ! Je trouve que tu as bigrement raison. Et moi, même si j'ai la bouche un peu trop pleine de tout ça, je ne dirai que le strict nécessaire.

Mais quand même, s'il y a quelque chose que je me rappelle, c'est bien *ça*. Elle est venue me voir en pleine nuit. J'étais resté à l'attendre, et elle est effectivement venue. Je ne sais pas comment elle s'y est prise ; en tout cas je l'ai vue soudainement apparaître devant moi. À croire que c'était un esprit qui avait franchi la porte. Un esprit surgi tout droit de l'obscurité et de la nuit sans faire le moindre bruit ! Et elle m'a remis un gros sac plein d'argent. Il fallait voir ça comme elle était grave et pâle. Ça n'a vraiment pas dû être facile pour elle. Oh que non ! Elle n'a pas soufflé mot, et moi non plus d'ailleurs ; en fait, je n'ai pas eu le temps de dire ouf qu'elle avait déjà disparu. À croire qu'elle s'était enfoncée sous terre.

Je n'irai pas jusqu'à dire que le canton considérait ta mère comme un personnage de conte. Je n'ai pas encore assez bu pour ça. Moi, en tout cas, je tiens à dire qu'elle était ce qu'elle était. Et, les gens, je ne crois pas qu'ils s'en rendaient compte. Tu ne peux pas savoir cette tête de martyre qu'elle avait en me regardant. Eh oui, mon gars. Mais si elle m'avait connu, si elle avait connu le gars qu'on appelle Kilius, elle serait repartie le cœur bien plus tranquille.

Elle me faisait confiance, elle comptait sur moi pour remettre l'argent à la personne voulue. Et c'est ce que j'ai fait. D'ailleurs, il n'y a vraiment pas de quoi s'en vanter, n'est-ce pas ? Et je l'ai fait sans regarder ce qu'il y avait dans le sac, mon gars.

Et puis j'ai aperçu la petite fille. Elle devait avoir dans les trois ou quatre ans. Je te l'ai déjà dit, c'était une belle petite. Elle s'appelait Alvhild. À qui elle ressemblait ? Eh bien, à un ange, comme tous les petits anges. Mais ce qui est sûr, c'est qu'elle devait avoir une bien jolie maman. »

Et, donnant du dos de la main une petite tape amicale sur le genou de Brynjar, il ajouta : « Je peux t'assurer que ça ne m'aurait pas du tout gêné d'être de la même famille que la gamine.

Ce que j'ai dit à la dame de la ville ? Eh bien, nous avons parlé affaires, seulement affaires.

Le jour où je suis revenu dans la cuisine de Vangdal, ta mère m'a cherché du regard. Je me rappelle encore son visage. Moi, je me suis contenté de lui faire un signe de tête pour la rassurer. En même temps j'ai souri un tout petit peu pour lui faire comprendre qu'elle n'avait pas d'inquiétude à se faire pour la petite. Bien sûr qu'elle aurait voulu me parler, mais l'occasion ne s'est pas présentée.

Par la suite, je lui ai causé une seule fois. En fait, je n'aurais pas dû. Car c'est peut-être idiot, mais je suis incapable de raconter des histoires. Il faut que je dise la vérité. Les mensonges, je m'en méfie comme de la peste, ils vous retombent toujours sur le nez au moment où vous vous y attendez le moins !

Bon, alors il faut te dire que, comme j'étais en affaires avec eux, je suis revenu voir ces mêmes gens en ville et qu'à cette occasion je leur ai demandé des nouvelles de la petite. Ils m'ont répondu qu'elle n'était pas là. Seulement, quand je suis revenu un peu plus tard, elle n'était toujours pas là. Du coup, je me suis rendu compte qu'ils mentaient et je leur ai dit en face : l'enfant, ils l'avaient placée ailleurs pour gagner de l'argent puisque, comme on dit, ils avaient été payés une fois pour toutes. Eh bien, mon gars, quand j'ai parlé de la police, il a bien fallu qu'ils avouent. La femme a fondu en larmes et ils ont été obligés de me dire où était la gamine, que j'ai fini par trouver.

Et là, crois-moi, il y en avait des enfants ! Et il fallait voir cette misère. Vraiment pas réjouissant comme spectacle. À un moment, j'ai pensé aller à la police, puis je me suis ravisé en pensant à toutes les histoires que ça allait faire. Il fallait d'abord que j'en parle à Arna.

Allez, à ta santé ! Une vraie vision d'enfer. Mais tout passe. Pour moi comme pour les autres. Le hasard a voulu qu'ensuite je n'aie pas eu l'occasion de parler à Arna, mais quand je suis revenu six mois plus tard, la gamine était morte. Elle était au cimetière. J'ai voulu à tout prix m'en assurer ; je suis même resté un jour de plus en ville rien que pour ça. C'était la diphtérie qui l'avait emportée. Mais ça ne servirait à rien de maudire la maladie. Moi, en tout cas, j'ai agi comme le dernier des idiots. Car, tu vois, je l'ai dit à Arna ; je me suis senti obligé de le faire. J'ai pensé que, pour elle, ça pourrait être une sorte de soulagement. Qui sait ?

Eh oui, va savoir. Il vaut mieux ne pas creuser trop profondément... Hein ? Mais bien sûr que non, tu perds la tête ! Je n'ai surtout pas été lui dire que l'enfant avait été confiée à d'autres ! Oh que non ; je lui ai raconté qu'on lui avait fait une très jolie petite tombe avec des couronnes, des fleurs et tout et tout. J'ai arrangé l'histoire aussi bien que j'ai pu. Ç'a un tout petit peu apaisé sa douleur.

Non, mon gars, je serais incapable de te dire ce qui s'est encore passé à Vangdal ce jour-là. À l'époque, il n'y avait pas beaucoup de gens qui savaient ce qui s'y faisait. Ce que je sais, en tout cas, c'est que Torberg est rentré tout de suite après mon départ mais qu'il est aussitôt ressorti en trombe. Il était complètement affolé, il voulait un médecin dans la minute. À cause d'Arna qui était malade. Au passage, il a bousculé la bonne, la Dåret, qui était sur le seuil de la porte. Puis le calme est revenu. Moi, pendant tout ce temps-là, je causais avec le valet de ferme.

Finalement, ce n'était pas *si* grave que ça. Avec les femmes, ce n'est jamais très grave. Moi aussi j'ai été marié, et je sais ce que c'est. Le tout – il toucha à nouveau Brynjar – c'est de les prendre par la douceur. Finalement, elle s'est remise sans avoir besoin du docteur. Ton père avait dû lui dire un mot de trop. Et d'ailleurs, un mot de trop, peut-être bien qu'il en savait un. Mais ça ne me regarde pas. Du reste, ça ne te regarde pas non plus. Allez, à ta santé !

Hein ? Eh non, je ne savais pas que le Torberg m'avait vu ce jour-là. Mais depuis, il m'a bien vu deux ou trois fois. Bon Dieu oui qu'il m'a vu, ça je peux te l'assurer. Oui, deux fois. Allez, à ta santé !

Cet homme, j'ai du respect pour lui. Peu importe ce qu'il est. C'est surtout la deuxième fois que je me rappelle. Ouais, écoute donc :

Ce jour-là, nous sommes revenus de la ville par le même bateau. Je crois qu'à cette époque il fouillait déjà dans les *archives* pour faire son livre d'histoire. D'habitude, quand il prenait le bateau à vapeur, il allait toujours s'installer à l'arrière, ce que moi je ne faisais jamais ; tu sais, chacun ses goûts. Mais cette fois-là, il s'est installé à l'avant comme un simple bûcheron et il m'a tout de suite vu. Ça se passait peut-être six mois après l'histoire de Vangdal dont je t'ai parlé.

La navigation, tu connais ça bien mieux que moi et sans doute par tous les temps. Mais tu ne peux pas savoir le temps que nous avons eu cette nuit-là en remontant vers le nord ! Et cette tempête de norois ! Ah ça, mon gars, ça m'étonnerait que tu connaisses. Et il fallait voir ça le bateau que c'était ! Un sabot, un veau ! Et le capitaine donc ! Lui, du moins, tu en as entendu parler. Il était carrément fou. Le temps et le vent, il n'en avait rien à faire. On aurait cru qu'il avait conclu un pacte avec la mort pour lui fournir son content d'âmes.

Tant bien que mal nous sommes descendus les uns après les autres pour nous coucher dans le fond du bateau. Nous, on se disait que, de toute façon, ça ne pourrait pas être pire. Tu parles ! En fait, ç'a été deux fois pire, trois fois pire. Je préfère ne pas en parler, tu ne me croirais pas. C'est incroyable ce que ça soufflait, la mer était complètement déchaînée. Oh là là là là ! Allez, *à ta santé.*

La mer, ça n'a jamais été mon fort, je n'ai pas honte de l'avouer. Et la mort, bon sang de bon sang, ça ne m'a jamais attiré non plus. Rien que d'y penser, je me recroqueville comme de l'écorce de bouleau dans un feu. Mais alors, périr dans l'océan en pleine tempête et par une nuit noire ! Vaille que vaille, je suis remonté jusqu'au pont en me disant que je serais quand même mieux là-haut. Seulement voilà : c'est à ce moment-là que j'ai eu le plus peur ! Je ne voyais pas la mer tellement il y avait d'écume, mais je voyais le ciel et puis je voyais la lune, oh que oui, bon Dieu de bon Dieu ! Et le bateau filait *vers l'ouest,* j'en avais des mugissements plein la tête et en plus il y avait ces nuages qui défilaient à toute allure. J'ai fermé les yeux et me suis cramponné à je ne sais trop quoi.

Je me sentais tellement mal en point que j'étais incapable d'avoir une seule pensée claire. Même si ç'avait été le prix de mon salut, j'aurais été incapable de demander grâce. Le bateau n'arrêtait pas de piquer vers le fond ; ça ne se raconte même pas. Rien que d'y penser, j'en ai l'âme qui chavire.

Mais ce que je voulais te dire, c'est que ton père est remonté sur le pont lui aussi et qu'il est venu se placer tout près de moi. Ça m'a quand même un petit peu réconforté d'avoir de la sorte un homme à mes côtés. Et, en plus, c'était un marin. « On ne va pas continuer éternellement comme ça » que je lui ai dit ou plutôt crié. Mais il n'a pas répondu. « Pourquoi est-ce que nous ne nous dirigeons pas vers un port ? » ai-je continué. Mais il n'a pas eu un mot de réponse. Et, à ce moment-là, comme on y voyait assez clair, je me suis rendu compte qu'il avait le regard braqué sur moi. J'avais l'impression qu'il souriait, qu'il poussait la méchanceté jusqu'à me dire : Si tu as quelque chose à m'avouer c'est le moment ou jamais de cracher le morceau avant de *disparaître.*

À un moment où le bateau n'avançait plus, j'ai failli descendre dans un canot de sauvetage pour regagner la terre, mais il faisait bien trop mauvais. À un autre moment nous avons accosté. Mais j'avais laissé mes affaires au fond du bateau. Et puis, comme il y avait le Torberg qui restait à me surveiller, c'était impossible.

Là-dessus, on est reparti à un moment où la tempête redoublait de violence. Alors j'ai demandé tout de go à Torberg : “Tu n'as donc pas peur ?

– C'est ta conscience qui te dirige”, a-t-il répondu et il m'a bien semblé qu'il riait.

Je me sentais tellement misérable que j'ai été incapable de lui répondre la moindre méchanceté. Et puis ç'a été encore pire quand il a fallu de nouveau affronter la mer, comme si on se précipitait dans la gueule du monstre.

Soudain, j'ai senti quelqu'un qui m'agrippait par le bras, et je préfère ne pas te dire à qui j'ai d'abord pensé. Puis j'ai reconnu Torberg qui m'a secoué avant de me crier en ricanant : "Qu'est-ce que tu as à pleurer comme ça ?" Vu le temps qu'il faisait, j'étais incapable de répondre. Il faut te dire que le bateau n'arrêtait pas de grimper vers le ciel puis de nous précipiter vers le bas, toujours plus *bas* ! "Eh bien, voilà que tu te remets à pleurer ! a-t-il encore crié en me secouant comme un prunier. Quelle diablerie te fait donc souffrir ?" C'est bien ce mot-là qu'il a employé ? Oui, oui, diablerie.

Du coup, ça m'a un petit peu apaisé et je lui ai demandé s'il croyait qu'on allait s'en sortir. "Allez, dis-le moi", l'ai-je supplié. "Non, a-t-il répondu, et maintenant tu vas voir ce que c'est." "Mais, ai-je fait, tu ne pourrais pas parler au capitaine, toi qui es un homme puissant ? Il suffirait que tu le menaces pour qu'il nous conduise dans un port." "Il n'y en a pas, de port, a-t-il alors rétorqué. C'est la fin maintenant." Et, peu après, il a ajouté : "Mais s'il y a quelque chose qui te tracasse, tu n'as qu'à vider ton sac. Comme ça, au moins, tu pourras mourir tranquille."

Il y avait déjà longtemps que j'y avais pensé. Bien longtemps. Mais cette fois, il a beau se croire intelligent, le Torberg Bjørholt, il s'est conduit comme un idiot.

Eh oui, parce que moi, si quelqu'un était venu m'annoncer ça, j'aurais pensé : Ce n'est pas avec des *mots* que tu vas pouvoir en réchapper puisque, de toute façon, rien ne pourra plus nous sauver. Et puis, que je sache, je ne lui avais jamais porté tort ? Non, me suis-je promis et juré, tu ne me fais pas peur, Bjørholt ! Si tu as des idées pareilles, c'est que tu ne crois pas au naufrage.

D'ailleurs, je le lui ai dit en face. C'était à un moment où nous ne risquions plus rien, nous étions quelque part à quai, et le jour pointait. "Dis-moi, le naufrage, tu n'y as jamais cru ?" lui ai-je brusquement demandé. "Eh bien si, qu'il m'a répondu. J'y voyais beaucoup plus clair que toi, et je peux te dire que ça ne tenait plus qu'à un fil." Et je crois bien qu'il était sincère ; j'ai *vu* qu'il était sincère.

Il n'y a pas de doute, ça devait drôlement lui tenir à cœur d'apprendre ce qu'il ne savait pas. Hein, qu'est-ce que t'en penses ?

Mais quand nous avons débarqué, il était redevenu comme avant et souriait. "Aucun d'entre nous n'a jamais été aussi proche de la mort", a-t-il dit. Et c'est comme ça, c'est une vérité de toujours : chaque nouvel instant de ta vie, tu te rapproches de la mort. C'est déjà bien assez effrayant comme ça. »

Le vieux tendit la main vers Brynjar.

« Depuis, Torberg fait semblant de ne pas me voir. Car, cette nuit-là, c'est lui qui a été le plus petit de nous deux. Il a prononcé un mot de trop, tu comprends ? Bon, mais c'est comme ça. Le silence est d'or, mais cet or, sa valeur change. Aussi bien en chaire que dans des périls de la mer. Oh que oui !

Alors, en venant ici, tu voulais me faire gober que le Torberg savait quelque chose. Mais ça, tu aurais pu te le garder pour une autre fois. Eh oui, mon gars. »

Regardant Brynjar dans les yeux, il partit d'un grand éclat de rire.

« Tu veux que je te dise : je n'y crois pas que tu es venu de la part de ta mère. Tu vois, plus j'en bois de cette saloperie, plus je deviens incrédule. Mais reconnais que, pour ce que tu m'as fait absorber, tu as eu ton content de paroles. Tu ne le regrettes pas ? Oh, c'est certain, on fait beaucoup de choses pour un petit verre et, pour deux, on en fait trois fois plus. »

Raccompagnant Brynjar sur le seuil de sa porte, il fit entendre un nouveau rire. Mais cette fois, il était bienveillant : « Peut-être que tu voudrais aussi me demander s'il est bon ou mauvais d'être homme. Car, maintenant je devrais commencer à avoir un avis sur la question. Eh bien, tu sais ce que je répondrais ? Je répondrais *oui* ! Un oui pour que tu apprennes la sagesse.

– Il y a des moments où ça m'a paru meilleur que maintenant d'être homme, dit Brynjar.

– Est-ce que, par hasard, tu ne serais pas allé voir le Kilius ? » demanda le vieux en riant.

Sur ces mots, Brynjar n'eut plus qu'à s'en retourner chez lui.

CHEZ LE COUPABLE

Le lendemain, Brynjar dit à sa sœur : « Je m'en vais de ce pas chez le coupable, et ce sera la dernière fois. »

Elle le regarda : avec lui, elle pouvait s'attendre à tout.

« Eh oui, dit-il en souriant. Il suffirait qu'il avoue la moitié de ce que je sais. Mais je lui conseillerai plutôt de tout dire ; comme ça il s'en tirera à meilleur compte. Tu vas voir ce que tu vas voir. »

Et il s'en alla. Il est impossible que je revienne ici sans l'avoir écrasé, songea-t-il. Eh oui, mère, il faut que tu me pardonnes, je suis comme je suis et, vu ce qu'est le monde actuellement, je ne suis pas homme à marcher à vos côtés. Là-dessus il éclata de rire et dit à voix haute : « Au fond, je me moque bien de savoir ce que vous êtes les uns et les autres, n'empêche que je dois le *savoir* ! Car, continua-t-il à part soi, seule compte la vérité vraie et non celle que croient et racontent les gens. »

Il se calma, essayant de se rappeler l'image de sa mère. Lorsqu'il captait son regard, il avait l'impression que ses yeux ne le voyaient pas et jamais il n'avait réussi à comprendre ce qu'ils exprimaient. Pendant un instant, il se remémora l'ensemble de son visage. Un visage qui, ne laissant jamais transparaître ni angoisse ni bonheur, souriait en toutes circonstances, tantôt d'une manière, tantôt d'une autre ; néanmoins, il se refusait à le voir, il ne le supportait pas car, derrière, se profilaient Otte et tout ce qui s'ensuivait de malheur. Lorsqu'il aurait fait éclater la vérité, sa mère apparaîtrait forcément sous un jour différent.

Sûr de son fait, il raconta à Otte tout ce que Kilius lui avait confié.

Otte était en train de faucher devant son étable. Mais lorsque Brynjar se mit à lui parler, il s'interrompit et resta appuyé sur sa faux pour l'écouter, se contentant de jeter des regards furtifs de-ci de-là.

« Eh oui, voilà les mensonges qu'il a racontés, conclut Brynjar. Maintenant, c'est à toi de raconter le reste. D'où est-ce qu'elle venait, cette petite fille ? »

Otte resta encore un moment immobile dans la même position avant de se tourner vers Brynjar.

« Tu es bien allé chez Tørris depuis ton retour ? Oui, c'est vrai, tu m'en as parlé.

– Mais moi, je voudrais que tu me dises pourquoi vous avez placé l'enfant de cette façon. Vous étiez d'accord, ma mère et toi ?

– C'est bien ta mère et moi que tu as dit ? Mais pourquoi parler de nous ? Hein ? Et d'abord de quel droit est-ce que tu viens ici ? Et qu'est-ce que tu *sais* au juste ?

– Pour un peu, on croirait que c'est à moi de te répondre.

– Répondre ? »

Les yeux d'Otte se mirent à briller d'un éclat rieur où se mêlaient bienveillance et méchanceté ; mais son visage restait toujours aussi jeune et indifférent.

« Répondre ? Mais, toi-même, jamais tu ne progresseras assez pour avoir à répondre de quelque chose, tu n'es qu'un enfant ! Ce n'est pas toi qui peux te vanter de t'être débarrassé d'un cuisinier et d'avoir gardé le silence. Eh non, mon gars, eh non…

En fait, tout ce que tu viens de me raconter, je le savais déjà, mais je pensais que c'était à d'autres de te le révéler. Donc tu croyais que cette fille était de moi. Belle idée de ta part, encore meilleure que je ne l'aurais cru. Du reste, c'est de moi qu'elle aurait dû être, la gamine.

Mais dis-moi un peu, est-ce que Tørris a vraiment pu prononcer le nom de ta mère ? Ah bon, il a pu. Eh bien, ma parole ! Alors, puisque c'est comme ça, je vais maintenant t'apprendre la vérité. Pour tout dire, je n'avais nullement l'intention de te retenir ici. Mais je t'en prie, assieds-toi. »

Ils s'assirent tous deux sur le tas de trèfle qui venait d'être fauché.

« Et maintenant tu vas m'écouter sans piper. Ce n'est pas que ça me fasse très plaisir, mais c'est vrai que Tørris était comme un père pour elle. Ou bien disons qu'elle était l'enfant de la maison. Et rien d'autre. Ce qui ne l'a pas empêché de vouloir l'épouser. L'épouser à tout prix, même s'il se rendait compte qu'elle, ça lui fichait une peur bleue. Mais puisque c'était sa volonté, elle s'est promise à lui. Elle s'est promise et a dit au revoir au reste si tu comprends ce que ça veut dire.

Bien sûr qu'elle l'aimait bien, il ne faut pas oublier qu'il avait été très bon pour elle. Et lui, il n'avait rien de méchant avant de s'être laissé emporter par la méchanceté. Il savait qu'elle n'aurait pas demandé mieux que de l'épouser, mais c'était au-dessus de ses forces et si elle avait eu un an de plus, elle aurait dit non. Alors, qu'est-ce qu'il a fait ? Eh bien, maintenant, tu le sais sans doute : il l'a épousée en tête à tête. C'est la première fois de ma vie que je raconte une pareille canaillerie. Moi, je dirais qu'il l'a forcée par la menace sans la menacer ; si encore il avait usé de violence !

Tiens, je te trouve bien pâle à présent. Alors sache que j'étais à peu près aussi pâle que toi quand je suis allé la retrouver en ville et que j'ai compris ce qu'il en était.

Ça m'avait fait une drôle d'impression de la voir partir en ville. Bien sûr, je m'étais rassuré en me disant qu'elle les fuyait, lui et le mariage. Mais ensuite, elle n'a pas donné le moindre signe de vie. Et à voir Tørris, je me suis bien rendu compte que lui non plus n'avait pas eu de ses nouvelles.

Partir à sa recherche ? Eh oui, c'est ce que j'ai fait. Ni plus ni moins. Et si tu veux tout savoir, j'ai fini par la retrouver. Mais pour dire crûment les choses, elle était grosse. Elle ne voulait pas me regarder, j'ai cru qu'elle allait sauter par la fenêtre. À un moment, elle m'a lancé un regard qui aurait dû me faire rentrer sous terre. Mais je n'ai pas cédé. Pas cette fois-là, non. J'ai eu soudainement l'impression de devenir adulte.

Tu me demandes si elle en avait parlé à Tørris ? Oui et non. Elle ne lui avait rien dit, mais ce qu'il ne savait pas, il l'a quand même compris. Et il avait aussi compris qu'elle voulait le berner ; elle s'en était bien rendu compte mais, quand elle est partie, il lui a tout de même donné de l'argent, beaucoup d'argent, il lui restait quand même un peu d'honneur comme je l'ai dit.

Cette année-là, j'ai pris la mer. Comme ça, j'ai évité les écueils. Après, je l'ai retrouvée. Et l'enfant est bel et bien venu au monde. Quoique à présent il en soit bel et bien reparti. À ce que je sais.

Elle était morte de peur à l'idée que Tørris apprenne l'existence de l'enfant ; car elle se disait qu'il utiliserait *la loi* contre elle, qu'il viendrait le lui arracher. Elle était véritablement terrorisée par lui.

Si j'avais su à ce moment-là ce que je sais maintenant, j'aurais ramené l'enfant ici, de force ! Pour tout le monde, ç'aurait été une bonne action, mais j'aurais en même temps péché contre elle. Or à cette époque, je n'étais pas homme à faire quelque chose contre elle. Car, tu vois, en face d'elle qui était si seule dans la ville et le monde, il n'y avait que moi, uniquement moi, hélas.

Je n'ai pas arrêté de me dire que si quelque chose de ce genre arrivait à d'autres, c'était dans l'ordre des choses. Mais à elle ? Quand même, c'est plutôt bizarre. Tu n'as qu'à réfléchir un peu et tu verras.

Et pourquoi Tørris ne s'est-il pas retrouvé avec une meule autour du cou ? Il en a même réchappé la nuit où son bateau a fait naufrage. Dieu a préféré emporter le cuisinier à sa place ; mais, après tout, c'est son affaire.

Eh oui, en ce moment, je parle un peu comme Torberg Bjørholt, tu l'as peut-être remarqué. À mon avis, c'est parce que nous avons vécu presque tout le temps dans le même monde. Un jour, il a dit qu'il n'y avait rien de plus beau que la justice. Et il a ajouté que, même si elle n'existait pas, il serait bien difficile de vivre sans elle.

Ah oui, ta mère et moi ? C'est bien là que tu voulais en venir, n'est-ce pas ? Oui, oui. Finalement, je lui ai redonné confiance, et elle est revenue dans le canton. Non, pas chez le Tørris qui ne semblait d'ailleurs pas s'y attendre. En fait, c'est moi qui suis allé chez lui. Elle, en attendant, elle s'est installée dans le port, chez le Kilius ; à cette époque, elle s'y plaisait bien, encore qu'il ne fût pas bien riche.

Voilà donc où nous en étions. Le moment venu, nous comptions nous marier et prendre l'enfant avec nous.

Stupide ? Oui, tu as tout à fait raison. Seulement, moi, je sais que je suis stupide et quand je regarde les autres, ceux qui ne le sont pas, je ne suis pas trop mécontent de ce que je suis. De temps en temps, je pousse un petit hennissement. Je suis sûr que tu l'as déjà entendu ? C'est un plaisir que *je* m'accorde. Serait-ce moins bien de rire que de pleurer ? C'est le Torberg qui posait parfois la question. Hein ? Qu'est-ce que t'en dis ?

Voilà donc où nous en étions. Voilà où en était l'un, voilà où en était l'autre. Et voilà aussi où en était l'oncle Tørris. Cet été-là, je suis parti en bateau avec lui. Et je n'arrêtais pas de me dire que j'allais la perdre. Pas d'amour, pas d'argent, ai-je un jour entendu dire quelqu'un, et j'ai compris qu'il n'y avait rien de plus vrai. Là-dessus, il y a eu tous ces dégâts que j'ai provoqués. Mais *c'était* à cause de ce que Tørris avait fait, moi je n'y étais pour rien. Bien sûr, au cours de l'été, je m'étais dit que si Dieu donnait un petit coup de pouce, ce ne serait pas plus mal. Encore qu'à ma manière je l'aie drôlement regretté.

Il faut dire qu'à cette époque c'était Dieu qui dirigeait le monde et que le monde ne se portait pas plus mal pour autant.

Il y a des moments où je me demande ce qu'il peut bien penser, l'oncle Tørris. En fait, ça ne l'empêche apparemment pas de marcher, ou plutôt de rester assis, et de se porter tout aussi bien qu'un autre. »

Brynjar était resté immobile et n'avait pratiquement pas posé de questions. Mais, soudain, il se leva. Il en avait assez d'entendre cet homme s'excuser.

« Tu sembles quand même oublier que ta crapulerie a fait une victime. Et ça, ça n'a pas vraiment l'air de te troubler. C'était toi qui étais responsable de cette parcelle de monde. Pourquoi est-ce que tu n'as rien dit ? Moi, à ta place, je me dépêcherais de me cracher dessus. »

Otte sourit d'abord d'un beau sourire désemparé puis fit soudain entendre un ricanement. Sans doute était-ce ainsi que s'exprimait son indigence.

« Eh oui, Brynjar, eh oui. Tu enfonces le clou. Il y a des gens pour vous dire qu'ils ont craché sur leur propre personne et même sur leur propre visage. Mais moi, tant que je ne les aurai pas vus, je ne les croirai pas. Non pas que je sois tellement content de moi. Ç'a un prix d'être content de soi. Il faut être rempli d'eau-de-vie ou de bêtise ; seulement moi je n'ai pas essayé.

– Et moi, juste en ce moment, je te crache dessus, pour nous tous et pour tout !

– Eh oui, eh oui ! Donc, d'après toi, il aurait fallu que je vole au secours de Torberg ? Ça, c'est bien toi. Et je dirais même que c'est bien chacun d'entre vous. Tu ne sais pas ce qu'il a dit un jour ? Alors écoute : jusqu'ici tout s'est bien passé pour moi et je ne vois pas pourquoi il faudrait que tout aille maintenant de travers. C'est ça *l'injustice* ! a-t-il dit. Non, il ne l'a pas dit mais c'est ce que je l'ai entendu penser. C'était bien dans sa manière. Ainsi, il aurait fallu que je vole à son secours ? Alors qu'il n'y a eu personne pour penser à moi ?

Non. S'il fallait que l'injustice frappe l'un d'entre nous je ne vois pas pourquoi ce serait moi. C'est quand même lui qui l'a obtenue, l'Arna !

– Tu n'as eu que ce que tu méritais.

– Ouais, ouais. On peut évidemment voir l'affaire sous un autre jour et la présenter comme ça ; en trichant un petit peu avec la vérité. Mais ça, c'est l'autre côté de l'affaire, l'autre côté de l'autre affaire. Tu comprends ? Tu ne le comprends *pas* ? Non, non.

Non, non, bonnes gens. Eh bien moi je te dis que, puisque je l'ai perdue, la justice, l'injustice et tout le reste, ça m'est complètement égal. Je peux te dire qu'à ce moment-là, je me sentais bien au-dessus de la vérité et du droit ; oui, j'avais l'impression d'être comme une divinité qui crée tout, puis décide brusquement de tout faire disparaître. C'est ainsi que j'ai fait disparaître deux bateaux et un cuisinier. Par la même occasion, j'ai fait disparaître Torberg Bjørholt. Moi, je te dis que j'en avais le droit, je me sentais comme une nation en danger.

Un jour, Torberg a affirmé que les humbles aimaient perdre car ils pouvaient vivre dans l'espoir de se venger.

Sache quand même que ça m'a pesé. Je suis allé voir ta mère pour lui demander de tout avouer. Je croyais peut-être que c'était ça qu'elle voulait. Mais pour elle, il n'en était pas question. Elle est devenue blême. À ce moment-là, je ne crois pas qu'elle me méprisait. Elle *m'implorait*. Tu vois, ça aussi c'est quelque chose que je t'apprends.

Ensuite, elle est venue chez moi. Une seule fois, et elle m'a supplié de me taire. Elle m'a demandé de le faire pour elle. Alors qu'est-ce que tu en dis ?

Je sais ce que raconte Torberg et ce qu'on l'entend toujours raconter aujourd'hui. À l'en croire, c'est moi qui lui ai joué ce tour, et il dit que cela me sera pardonné. Et tu vois, comme ça n'a pas été oublié, c'est que ç'a bien été fait.

Et moi en guise de réponse, je garde le silence.

Si elle est venue me voir ? Oui, effectivement. Je n'ai pas peur de le dire. Elle est venue en plein milieu de l'affaire, alors que ça cancanait à qui mieux mieux et que Torberg était dans le pétrin. À y repenser, ça me ferait presque rire. Oh là là, mon garçon ! »

Mais il était loin de rire et ne reprit son récit qu'après y avoir été deux fois incité par Brynjar.

« Et donc elle est venue me voir un soir ; ça s'est passé à Vangdal, sur la grève. Elle était déjà fiancée avec

Torberg et avait naturellement attendu qu'il fasse sombre. C'était juste avant Noël, mais il n'y avait pas de neige et le détroit avait des reflets noirs ; c'était le calme plat et je me trouvais dans ma barque. Le chevrier était venu m'aider à poser les filets à soles, mais il était déjà reparti chez lui. J'avais monté les rames sur le quai et comptais amarrer le bateau au bollard pour le laisser pendant la nuit, étant donné qu'il faisait beau et que nous devions repartir avant le jour.

Mais d'abord, il fallait que j'écope le bateau pour le vider de son eau. Je m'étais donc installé et pensais à différentes choses, sans doute aussi un peu à elle. Tout à coup, je l'ai aperçue sur le quai, non loin de moi, puis, l'instant d'après, dans le bateau. Il faisait tellement sombre que c'était tout juste si je la reconnaissais. Ça *alors* ! me suis-je dit, mais sans piper.

Elle aussi, elle est restée silencieuse. Et ni elle ni moi ne nous sommes aperçus que le bateau commençait à s'éloigner du quai. Pour elle ce n'était pas très facile de s'expliquer, mais elle a quand même fini par y arriver : il fallait que je lui promette de ne rien dire sur ce qui s'était passé au moment où les bateaux étaient partis à la dérive.

“Tout ça, c'est bien beau mais, pour le moment, c'est *nous* qui dérivons, ai-je dit en me rendant compte de la situation.

– C'est toi qui m'avais demandé de me taire, a-t-elle continué, et je t'ai obéi. À présent, je voudrais que tu fasses de même. Tu n'es quand même pas assez méchant pour me le refuser, a-t-elle encore ajouté.

– Regarde, nous nous dirigeons vers la mer, l'ai-je alors interrompue, mais elle n'entendait pas, il n'y avait que son affaire qui l'intéressait.

– C'est toi qui m'as forcée à me taire et maintenant il est *trop tard* !" a-t-elle dit. Non, elle ne pleurait pas, mais elle paraissait très grave.

Et pendant ce temps-là, tous les deux dans le bateau, nous dérivions vers le détroit. De plus, un petit vent s'était mis de la partie. Pour moi, ce n'était pas un problème de dériver, ça ne me gênait absolument pas. Pour tout dire, il n'y avait pas grand-chose qui me gênait à cette époque-là. En toute justice, il aurait fallu que juste à ce moment-là une tempête se lève. Comme ça, j'aurais pu lui sauver la vie en risquant la mienne. Et je crois bien que je n'arrêtais pas de regarder autour de moi pour savoir s'il n'y en aurait pas bientôt une. Hélas non, ce n'est jamais comme ça que les choses se passent dans cette chienne de vie.

"Tu me le promets ?" a-t-elle demandé, d'un ton presque menaçant.

J'ai répondu que nous pourrions en discuter le lendemain.

"Pour autant que nous finissions par arriver quelque part, ai-je ajouté, car tu vois bien que les rames sont restées à terre.

– La terre, je n'ai plus rien à y faire, mais vraiment plus rien si tu ne me promets pas de ne rien dire. De ne rien dire *du tout* ! a-t-elle hurlé. Et si tu ne me le promets pas, je saute dans la mer !

– Eh bien, saute donc, bonne femme, tu vois bien que c'est un ruisseau !" ai-je répondu.

Il n'y a pas de doute, j'étais aussi idiot à l'époque que maintenant.

Mais en face d'elle je ne faisais pas le poids. J'ai dû lui promettre ce qu'elle me demandait. Et même plus, mon gars. Il a fallu que je lui promette, d'abord d'aller en ville pour m'assurer que l'enfant n'était pas dans le besoin, et ensuite de ne *jamais* mettre personne au courant de son existence. Eh oui, la voilà l'histoire.

À ce moment-là, elle s'est rendu compte que nous dérivions, que le bateau nous emmenait dans le détroit et le fjord.

"J'ai bien l'impression que la nuit va être glaciale", ai-je lancé.

Oui, j'ai honte de répéter ces mots, mais c'est exactement ceux que j'ai prononcés. Tu vois à quel point j'étais jeune et malheureux. Fi donc ! Bon, mais ensuite elle m'a si gentiment supplié, elle m'a tellement imploré sur tous les tons que j'ai bien été obligé de la ramener à terre. Rends-toi compte, elle m'a même appelé par mon nom.

Je n'avais plus qu'une chose à faire que j'ai d'ailleurs faite. Après lui avoir demandé de se déplacer, j'ai arraché la planche arrière où elle était assise et je m'en suis servi comme rame. Finalement, elle s'y est mise à son tour. S'agenouillant à l'avant du bateau, elle a commencé à ramer avec l'écope. Et c'est ainsi que nous nous sommes tous les deux retrouvés en train de nous agiter au milieu du détroit. Ça faisait pitié de voir quelqu'un comme elle dans cette situation, et j'ai fini par me démener comme un fou. Mais, en même temps, j'avais une envie folle que ça continue toute la nuit, jusqu'au lever du jour.

Nous avons suivi le courant, d'abord vers le nord puis vers l'est jusqu'à atteindre le cap qui se trouve juste au sud du port mais, crois-moi, ça nous a pris du temps. Elle habitait dans le port. Et dès que nous avons touché terre, elle a filé en me souhaitant bonne nuit. C'est la dernière fois que j'ai parlé avec elle. Ou presque. Je n'ai pas eu droit au moindre remerciement pour ce petit voyage, et elle ne s'est pas non plus inquiétée de savoir comment j'allais revenir avec le bateau. Bon, finalement, j'y suis quand même arrivé.

Et toi, tu t'étonnes que je ne sois pas venu témoigner.

– Ce qui m'étonne encore plus, c'est que papa t'ait rossé cette fameuse nuit de la Saint-Jean. »

Pendant un long moment, Otte le fixa d'un regard qui trahissait des dispositions changeantes.

« Eh bien, figure-toi que ç'a été à cause de toi. Ouais, car il faut te dire que j'ai aussi souffert à cause de toi.

Oui, oui. Et, maintenant, tu me méprises, je m'en rends bien compte. Pour ça tu es bien le fils de ta mère. Mais tu crois peut-être que j'ai besoin de lever les yeux pour te voir ? Oh que non, mon gars ! Pourquoi il m'a rossé ? Mais ce qu'il faudrait peut-être aussi se demander, c'est pourquoi avant et après il s'est montré si gentil avec moi ? Pourtant, c'est bien le même homme et la même conscience !

Ouais, Brynjar, c'est de toi que nous avons parlé. Je ne comprenais pas très bien pourquoi il recherchait notre compagnie. Du coup, je lui ai demandé des nouvelles de son garçon, de son aîné. Bon Dieu, fais bien attention qu'il ne meure pas de la rougeole, que je lui ai dit – car cet été-là, la rougeole faisait des ravages – surveille-le bien, ton gamin, Torberg. Et, à ce moment, j'ai peut-être bien pensé un peu à la petite qui était en ville, mais je n'en ai pas soufflé mot.

Et c'est alors que j'ai pris un marron qui m'a flanqué sur le carreau. Du coup, la nuit de la Saint-Jean, elle m'est complètement sortie de l'esprit et ç'a duré un bon moment. Eh oui, mon garçon, c'est certain, il ne supportait pas que je parle de toi. Hein ? »

Brynjar se leva alors et dit la première chose qui lui vint à l'esprit. La pire.

« Tu étais dehors la dernière nuit. Oui, la nuit du meurtre. Tu vois que je suis au courant. D'ailleurs, tu ne le nies même pas. Alors dis-toi bien que tu n'auras pas un moment de répit avant de me l'avoir avoué. »

En un rien de temps, le sourire d'Otte se mua en expression de surprise, de dédain puis de bien d'autres choses.

« Tu n'as pas à me parler comme ça, mon gars. Car tu sais très bien que je suis ton père, pas vrai ?

– Quoi ?

– Eh oui, Brynjar, tu le sais très bien. Maintenant, c'est dit.

– Tu mens.

– Il va pourtant falloir que tu t'en accommodes jusqu'à nouvel ordre. »

Brynjar avait bien pensé que, de toute façon, il serait obligé de se raisonner. C'était la vérité qui devait se faire jour et c'était elle qui devait guider sa vie. Mais maintenant qu'elle faisait de cet individu son père, la vérité était trop douloureuse pour ne pas être niée. Sous son regard, elle s'évanouissait ; éloigne-toi de moi ! se disait-il, frissonnant de tout son être.

Mais, observant le visage d'Otte, il s'aperçut que c'était là que s'évanouissait la vérité.

« Tu n'es pas mon père. C'est impossible à croire, je ne veux pas de toi ! »

Brynjar se sentait à la fois brûlant et blafard, ce qui est la marque du perdant. Et pourtant, n'était-ce pas lui qui l'emportait ? Ils s'observèrent ; d'un regard plein de haine. Et bientôt, qu'Otte eût dit ou non la vérité, il n'y avait pas à se tromper, c'était le mensonge qu'exprimait son visage. Il renonça.

« Tu as beau être bête, Brynjar, je ne dis pas que tu n'as pas raison. Je n'ai jamais menti quand il était question d'elle. Et je n'avais non plus l'intention de le faire maintenant. Mais il y a des moments où l'on est tenté de faire le mal.

Ainsi donc tu préfères être le fils de Torberg que le mien. Mais dis-moi un peu, et si c'était lui le meurtrier ? »

Brynjar avait encore du mal à concevoir que Torberg fût son père. Et il n'y parvint qu'après être resté un long moment immobile. Peu à peu, il distingua son visage qui se dessinait dans le flou lointain de son enfance. Il lui paraissait tout aussi étranger qu'avant. Il occupait une place à part et exprimait une gravité différente de celle qu'affichaient les autres. À un moment, il disait quelque chose de comique qui provoquait un éclat de rire général, pendant que lui-même promenait un regard étonné sur tous ces gens.

Quand même, il devait bien y avoir un chemin qui conduise jusqu'à lui ?

Brynjar sermonna Otte : « Moi, je me moque éperdument de ce qu'il a pu faire ! À mes yeux, il restera toujours le même. Il me paraît inimaginable d'avoir un autre père. Tu entends ? »

L'air absent, Otte jouait avec une paille qu'il se décida à jeter avant de lever les yeux et de lâcher avec gravité : « Je n'ai jamais dit le contraire.

– Oui, mais *toi,* tu étais dehors le dernier soir où vivait ma mère. Et tu ne m'as toujours pas donné d'explication.

– Ça y est, te voilà redevenu petit garçon. Tout à l'heure, j'avais pourtant bien l'impression d'être en face d'un vrai petit *homme.* Et dire que ça se prétend second lieutenant ! Eh bien, mon gars, je pourrais te saouler de mensonges jusqu'à ce que tu n'arrives plus à retrouver ton chemin. En fait, c'est toi qui m'es tombé dessus en m'ordonnant de te saouler de mensonges.

Réfléchis donc un peu : admettons que je l'aie rencontrée cette nuit-là et même que je sois coupable ; tu me suis ? Eh bien, crois-tu vraiment que je serais resté ici à me dorer au soleil pour tout te raconter ? Et puis, tant que tu y es, songe aussi que j'ai une fille de l'âge de ta sœur, une fille au moins aussi bien qu'elle, pour moi en tout cas. Est-ce que tu crois vraiment que je me serais moqué d'elle au point d'aller crier sur les toits que c'était moi l'assassin ? Et ce, uniquement parce que tu t'es mis en tête de le savoir à tout prix ? À moins que tu n'aies une envie folle de me voir en prison ? Et si moi, ça ne me disait rien ? »

Ils s'observèrent un instant puis, sans souffler mot, détournèrent le regard.

« Mais admettons maintenant que je n'aie rien à voir avec ce qui s'est passé cette nuit-là. Est-ce que tu me croirais si je te racontais que je marchais alors sur le même chemin, que je voyais ça mais pas ça, etc. Et est-ce que *tu* me croirais ?

D'ailleurs, quand je songe à ma fille, j'en suis presque à me dire qu'en fait je ferais peut-être mieux de parler. Que je ferais mieux d'avouer, comme on dit. À la voir, je me suis bien rendu compte qu'elle s'attendait à quelque chose de ce genre. Car elle sait que j'étais sorti cette nuit-là. Et au moment où on colportait tous ces ragots, il lui est souvent arrivé de me regarder.

Eh oui, j'étais sorti. Je le reconnais sans peine.

Eh oui, tu as entendu parler de la gamine dont je suis un jour devenu le père. Quand je me suis marié et installé là – c'était l'année d'avant – je l'ai prise avec moi. Tu comprends, elle n'a pas de santé. Ah ça, non, je ne me serais jamais marié si je n'avais pas pu l'avoir avec moi, comme si elle avait été mon propre enfant. J'ai toujours été comme ça, comme qui dirait un peu trop bête pour ce monde ; oui, c'est vrai, c'est quelque chose que je t'ai déjà raconté. À moins que d'autres ne s'en soient chargés ? Peu importe, passons.

Tiens, regarde donc. Il suffit de la nommer pour qu'elle arrive. »

Brynjar se retourna et vit une jeune fille munie d'un râteau qui venait étaler le foin. Elle était grande, mince et tout à fait avenante. C'était sans doute elle qu'Otte appelait la gamine.

« Non, lui cria Otte, il n'y a rien à étaler, nous n'avons pas encore fauché. Et il n'est pas question de s'y mettre avant d'avoir pris le café. Dépêche-toi d'aller le préparer. »

La jeune fille regarda son père avec enjouement, posa son râteau puis rentra. Sur quoi, prenant une mine grave, Otte se mit à faucher. C'était amusant de voir évoluer dans l'herbe une faux qui coupait bien, et Otte la maniait avec aisance. Mais c'est un travail dont on ne voit pas la fin, jamais je n'arriverais à m'y faire, songea-t-il. Là-dessus, ne voulant pas rester debout comme un imbécile, il s'allongea dans l'herbe, les mains sous la nuque. Dans l'attente de la mort ou de tout autre chose qui pourrait se présenter, il arriverait bien à faire passer le temps.

LA VÉRITÉ

Au bout d'un moment, la gamine revint apporter le café puis, Otte lui ayant jeté un rapide regard, rentra sans s'attarder. Elle est étrangement calme, songea Brynjar. Mais il est vrai que tous les êtres ont quelque chose d'étrange. Il faudrait passer beaucoup plus de temps à les observer.

Restait cependant Otte, et tous deux burent leur café sans dire mot. Ayant vidé sa tasse, Otte remarqua :

« On n'a rien trouvé de mieux pour adoucir un chagrin. Heureusement que le café est mortel ; sinon, on en boirait jusqu'à plus soif pour être heureux. Eh oui ! Dis-moi, est-ce que tu sais que c'est grâce à ton père que je me suis installé ici ?

– Oui, et tu t'es bien fait payer pour ça.

– Non, *ça* vient de lui et ça ne date pas d'hier. Je n'exagère pas en disant qu'il venait ici jour et nuit me combler de son amitié et de ses bienfaits. Ce qui le gênait, c'était son côté humble. Et moi, ça ne me faisait même pas plaisir de le voir comme ça.

Eh non, car rien qu'à le voir on se rendait bien compte qu'avec l'aide de Dieu il allait tout faire pour qu'elle vive un enfer.

– Tu savais qu'elle était chez Ane-Margit ce soir-là ?

– Oui, et c'est bien ça le malheur. Par-dessus le marché, ma femme n'était pas à la maison. Lorsque j'ai appris qu'Arna était sortie pour se rendre *là-bas*, je n'ai pas pu faire autrement que de m'y rendre à mon tour, et il n'y a eu personne pour m'en empêcher. De toute façon, je crois bien que, ce soir-là, personne n'aurait pu me retenir.

Je suis donc allé l'attendre dans la forêt où c'était d'ailleurs un spectacle de toute beauté. Le printemps était en pleine éclosion. Il faisait clair, l'air était doux, la lune brillait. Et moi j'étais au milieu de tout ça. Ce n'était vraiment pas une soirée à assassiner les gens. Et d'ailleurs je n'étais pas venu pour ça, hein ? Il va quand même bien falloir que tu me croies.

En fait, je voulais savoir dans quelle mesure Ane-Margit était vraiment folle et si, maintenant qu'elle arrivait à la fin de sa vie, elle était prête à se libérer la conscience de son péché. C'est souvent ce qui arrive dans ces moments-là. Sans doute la vieille histoire du naufrage allait-elle encore ressortir ? Tout le monde sait qu'on n'est jamais à l'abri des racontars de bonne femme.

Enfin, elle est arrivée.

Au fond, peut-être voulais-je seulement savoir à quel point je lui faisais peur ? Il y a des moments où je ne peux pas faire autrement, comme si *je* n'étais venu au monde que pour ça.

Et pour le savoir, eh bien, je peux te dire que je l'ai su. Oh que oui. Dès qu'elle m'a reconnu, elle s'est figée.

Je lui ai parlé avec toute la douceur dont j'étais capable, je me suis approché d'elle avec mille précautions. Eh oui ! »

Otte se tut.

« Et alors, qu'est-ce que tu attends pour continuer ? s'écria Brynjar. Va donc jusqu'au bout. Je suis prêt à *tout* croire !

– Alors, tu n'as qu'à aller à la police. Il me semble que tu as déjà pas mal de choses à raconter.

– Qu'est-ce que tu lui as fait ? »

Otte secoua la tête.

« Je voulais simplement lui parler. Rien qu'une fois. Tu comprends ? Elle avait toujours tellement peur de moi. Je l'ai implorée : "Laisse-moi seulement te dire quelques mots." Et puis je l'ai aussi suppliée de ne pas me regarder comme ça. Grands dieux, c'était elle qui me mettait sens dessus dessous.

Et puis soudain, sans même me laisser le temps de dire ouf, elle s'est évanouie. Évanouie et écroulée. Alors que je ne l'avais même pas touchée.

J'ai dit évanouie ? En fait, quand je l'ai relevée, elle ne donnait plus signe de vie. Dieu m'est témoin que c'est vrai. De toute façon, me croira qui voudra : bientôt, ça me sera complètement égal. Toujours est-il que je me suis retrouvé là en train de la tenir dans mes bras. Et c'était la toute première fois, comme tu le sais très bien.

Finalement, je me suis assez ressaisi pour desserrer le col de sa robe. Je pensais que ça aiderait. À ce moment-là, je me suis rendu compte que j'avais du sang sur les mains et que ça venait d'elle. Une blessure à la tempe. J'avais bien vu qu'elle s'était soudainement écroulée. Mais je ne savais pas pourquoi. Jusqu'au moment où c'est devenu évident.

Elle avait aperçu un homme.

Eh oui, c'était bien lui. Il se tenait à bonne distance, juste à l'endroit où la route tourne pour s'enfoncer dans les sous-bois. Il restait là à nous regarder. Je n'oserais pas affirmer que la situation lui paraissait bizarre. Car il avait peut-être tout observé dès le début. Je crois que je l'ai reconnu avant même de le voir ; eh oui, il arrive qu'on connaisse son destin avant même d'en avoir pris conscience.

La lune éclairait les lieux d'une lueur sinistre, et j'ai pu voir son visage.

J'ai fait alors ce que je pensais avoir de mieux à faire, j'ai reposé le cadavre aussi doucement que possible et j'ai filé sans demander mon reste. Je crois même que je me suis enfui à toutes jambes. Car je pouvais littéralement entendre à quel point il me haïssait.

Je viens de te parler de *cadavre* mais, à ce moment-là, ce n'est pas ce mot-là que j'aurais employé. Réfléchis un peu : si je l'avais su et si j'avais su ce qui allait se passer plus tard, je serais tout de suite allé voir Torberg pour lui parler. Mais, sur le moment, j'ai pensé qu'il valait mieux s'éloigner pour éviter à l'homme d'agir inconsidérément.

Eh oui, je me suis comporté comme un imbécile, ça n'aurait vraiment pas pu se passer plus mal.

C'est seulement le lendemain, assez tard, que j'ai appris ce qu'il en était. Je m'attendais à voir Torberg débouler d'un moment à l'autre. Je savais qu'il m'avait reconnu et qu'il ne voudrait pas me croire. Ensuite, c'est les autorités que j'ai attendues. Et, pendant ce temps-là, je me disais que je les avais déjà attendues une fois, à un moment où j'étais pour ainsi dire coupable. Or c'était peut-être maintenant, maintenant que je n'avais rien à me reprocher, qu'elles allaient venir me prendre. Je ne croyais pas que j'aurais droit à plus de justice, oh que non. Car on ne me croirait pas, c'était sûr. Dès qu'on m'aurait mis le grappin dessus, on s'empresserait de me condamner. Il n'y aurait rien de plus facile que de me transformer en meurtrier, pas vrai ? On me harponnerait. Comme une crotte de chien au bout d'une pique.

Et toi, ça ne serait pas pour te déplaire. Et naturellement, tu voudrais que ça ne me déplaise pas non plus. »

Brynjar se rendit compte que l'homme disait la vérité, même si personne d'autre n'aurait sans doute pu le croire.

Il avait l'impression de le voir et de l'entendre courir cette nuit-là, courir vers chez lui d'un pas qui claquait sur la chaussée ; derrière lui, le bruit et son destin ne faisaient plus qu'un. Et les yeux, ils étaient exactement pareils ! La terreur s'y lisait encore.

« Tu as parlé de la police. Tu n'as qu'à y aller toi-même.

– Tu ne me crois peut-être pas assez courageux pour le faire ?

– Pour tout dire, non.

– Eh bien, pour tout dire, moi je trouve révoltant de souffrir quand on est innocent. Tout le monde le comprend. Crois-moi, je suis trop vieux pour ce genre de choses. Tu me regardes et crois me dominer. En tout cas, dis-toi bien qu'avec moi ça ne prend pas.

Tu sais ce que je me suis dit au moment où ça s'est passé ? S'il se conduit comme il faut avec elle, il va venir me voir. Sinon je saurai à qui j'ai affaire. Or il n'est pas venu et il n'a jamais mentionné mon nom. Ce n'est pas vrai ? Tu vois, tu ne peux pas me dire le contraire.

Mais tu vois, j'ai bien l'intention d'y aller à la police, rien que pour que ça se sache. Et le Torberg Bjørholt, on le verra encore une fois apparaître entre nous.

Mais il faut d'abord que tu me dises une chose : cette nuit-là, pourquoi est-ce qu'il a fait demi-tour pour rentrer chez lui ? Rentrer chez lui en l'abandonnant sur place.

Tiens, je te trouve tout à coup bien pâle. Et pourtant, je me suis contenté de te poser une question. Mais je peux dire les choses autrement : qu'est-ce qu'il a *vu* quand tout s'est arrêté dans sa tête, quand il est devenu fou ? »

Brynjar n'avait pas bougé et s'apprêtait maintenant à rentrer chez lui. Il voulait s'en aller sans rien dire. Il n'avait plus qu'à quitter cet homme et s'en aller. Après, il serait toujours temps de réfléchir à ce qu'il convenait de faire.

Mais Otte le retint : « Dis-moi maintenant ce qu'il convient de faire. Car il faut blanchir ton père, le blanchir complètement. Tu entends. Tu es bien d'accord ? Il n'est pas question que j'y renonce.

– Mais dis-moi : est-ce que tu ne peux vraiment pas te passer de cette vengeance ? Tu ne trouves pas que tu as déjà suffisamment rabaissé père comme ça !

– Oui, mais que faire alors ? Nous n'allons quand même pas continuer de le laisser comme ça ? Écoute donc ce que je dis, Brynjar ! Il faut que nous fassions quelque chose. »

Décontenancé, Brynjar murmura : « Puisque tu n'as rien dit jusqu'ici, tu n'as qu'à continuer de te taire.

– Moi je ne demande pas mieux, mais pense un peu à celui qui est là-bas et souffre chaque jour de l'injustice – si ce n'était pas lui, c'est sûr que je m'en ficherais. Et puis il y a cette gamine que j'ai à ma charge, ça compte, ça aussi. Elle qui pense du bien de son père, il ne faut pas la décevoir. Aujourd'hui, elle s'attend sans doute à ce que je fasse quelque chose de grand. Et puis, je ne *suis* pas celui que vous croyez, toi et les autres. Non, bon Dieu de bon Dieu, vraiment pas ! Ah ça, tu peux en être sûr, j'en ai connu des moments difficiles, et je ne parle pas de toutes les nuits que j'ai passées à veiller ! »

Brynjar se demanda s'il n'était pas en train de rêver tout ce qu'il voyait et entendait. En tout cas, cet homme qui lui révélait ainsi sa douleur, ce ne pouvait être qu'un rêve. Bon, j'ai entendu ce que je désirais entendre, se dit-il, et c'est pour ça que j'étais revenu au pays. En fait, j'aurais très bien pu m'en dispenser.

Otte continuait de parler de ce qui le préoccupait : « Je ne suis pas homme à attendre plus longtemps. Je prends sur moi et m'en vais de ce pas à la police. À ton avis pourquoi est-ce que je t'ai tout raconté comme je l'ai fait ? Tu crois que c'était pour satisfaire ta curiosité ? »

Brynjar pensa : c'est Turid qui va être contente. Elle va maintenant pouvoir se marier, se marier puis mourir.

L'autre continuait de parler. Sans doute de ses parents : « Ils vivaient à part, dans un autre monde, unis par les liens sacrés du mariage. Les gens, ça leur fendait le cœur que ça puisse se passer comme ça. On croyait bien être des hommes, nous aussi. Il devait quand même le savoir, le Torberg. C'est lui qui a dit un jour ces mots : "La vertu, c'est comme un diamant, s'il y en a trop, elle a l'air en toc." »

Brynjar revit le sourire de sa mère. Elle lui souriait comme au temps de son enfance et, peu après, son visage lui apparut auréolé d'une lumière dorée dont il ne distinguait pas la source. Sans doute était-ce sa vie qu'il voyait. Mais d'où venait donc cette lumière ? C'était son père qu'il aurait voulu voir, afin de pouvoir lire ce qu'il y avait dans son regard, mais sa mère venait s'interposer et plus il aurait voulu qu'elle s'éloigne, plus elle se rapprochait. Peut-être en avait-il toujours été ainsi avec son père ?

Otte disait : « Crois-moi, pour le Torberg, ce n'est pas si grave que ça. C'est du roc, cet homme, il a un socle de granit. Il n'est pas encore mort ? Non, ça n'en est pas à ce point-là. Il va se rétablir peu à peu, n'est-ce pas ? J'en suis sûr.

Et puis, je ne crois pas que sa folie puisse devenir dangereuse ; il ne va pas débouler ici ? Je veux dire : si tu lui racontes ce qui s'est passé ? Sinon, il serait déjà venu. Il était du genre soupe au lait, mais quand même. Qu'est-ce que tu en penses ?

Franchement, il n'y a pas de quoi rire. Toi, tu ne le connais pas.

Mais peu importe. De toute façon, je vais faire ce que j'ai à faire. Dès que j'aurai pris le temps de réfléchir un peu.

– Et dire que je reste ici à écouter des choses pareilles », murmura Brynjar qui s'engagea peu après sur le chemin du retour.

Ce chemin, c'était celui que sa mère avait emprunté. Peut-être avait-elle vu la mer comme il la voyait à présent, une succession de taches étincelantes entre les jeunes pins. Seulement, ce soir-là, la lune brillait. Et l'astre déroulait sur le fjord un ruban doré où scintillaient à l'envi les vagues que soulevait le vent venu des terres. Mère vivait à une époque où ces choses-là faisaient partie de la vie, les gens se sentaient en communion avec tout ce qui les entourait. À ce même endroit, peut-être écoutait-elle le fil du téléphone qui chantait comme il chantait à présent ; qui lui chantait la vie dans sa vérité la plus profonde ; ébauchant un sourire, peut-être s'était-elle mise à marcher d'un pas plus lent. Du moins était-il en droit de se l'imaginer.

C'était là qu'était la clairière. Là. Le chemin sortait de la forêt avant de s'y enfoncer à nouveau. Et c'était là-bas qu'il s'était trouvé. Qu'il l'avait regardée venir. Puis qu'il l'avait vue rencontrer l'autre. Il crut voir la scène se dérouler devant lui. Exactement comme il l'avait cru toute sa vie durant. Comme le sage qu'il était, le parfait imbécile.

La forêt était immobile, indifférente à tout, même à la soirée d'été qui l'entourait. Bien sûr, il y avait les fils téléphoniques. Les fils qui chantaient, les fils qui témoignaient, pour la nuit, pour rien du tout. Mais en fait, de quoi témoignaient-ils ? Du sens de l'existence, ne manquerait pas d'expliquer quelqu'un, un sens si profond que l'absurde en devenait quasiment impossible. Et c'est donc l'absurde qui est suspendu là et chante. Du reste, c'est en nous qu'il est suspendu, ce qui n'empêche nullement le chant d'être le même.

Mais c'est uniquement ce soir, se consola-t-il. Et il y a maman qui est au cimetière, tout au moins ce qui reste d'elle. C'est ça la vérité d'aujourd'hui. Et là-bas, il y a papa qui sourit, papa qui sourit en gardant pour lui ce qu'il sait, alors qu'il ne sait rien du tout. Eh oui, un sage, comme tous les autres ; le parfait imbécile.

« Tiens, en voilà encore un de sage », dit Brynjar en revenant chez lui. En contrebas du jardin, il venait d'apercevoir Mattias assis près d'un tas de foin. Se contentant de rester là sans bouger, Mattias ne dit rien ce soir-là. Et Brynjar n'était pas homme à lui parler. Ils se regardèrent, Mattias sourit. Et il y avait dans ce sourire quelque chose qui amena Brynjar à ralentir l'allure. D'évidence, ce sage souffrait.

PÈRE ET FILS

Son père le dardait du regard. Et il faisait mal à voir tellement il semblait lucide.

« Je sais tout, lui lança-t-il d'emblée. Tu ne peux rien m'apprendre.

– Tu m'as dit un jour que maman s'était levée en pleine nuit pour aller voir Kilius dans sa maison du port. Elle lui apportait un sac rempli d'argent. C'est bien ça ?

– Pourquoi me poser la question puisque tu le sais ?

– Je viens de chez Kilius. Il m'a dit toute la vérité.

– Vraiment ! Toute la vérité ! Alors tu es encore mieux informé que Dieu lui-même.

– Mais toi aussi tu savais que maman avait un enfant en ville. Allons, je ne vois pas pourquoi tu t'agites comme ça ; parlons-en ouvertement pour une fois. Je te demande seulement de répondre à une question.

– Certainement pas.

– Pourquoi est-ce que tu ne parlais jamais à maman ?

– Tiens donc. Et elle, tu crois qu'elle me parlait, peut-être ?

– Non, c'est bien possible. C'était son tort. Il faut croire qu'elle n'osait pas.

– Bon, mais pour moi, tout ça, c'est fini. Fini une bonne fois pour toutes, tu entends ? À présent, je suis tranquille. C'est bien fini.

– N'empêche qu'à défaut d'autre chose tu as toujours une responsabilité vis-à-vis de nous.

– Responsabilité ? En voilà un mot. Qui est-ce qui t'a mis cette idiotie en tête ? Toi-même sans doute ? Responsabilité ! Mais pas un parmi vous ne sait vraiment ce que c'est ; et c'est sans doute pour ça que vous n'avez que ce mot à la bouche. Taisez-vous donc, les enfants ! Retournez à la maison et allez vous coucher. Quoi ? Tu oses mentir à propos de ta propre mère ?

– Dans le coffret de maman, il y avait une lettre qui t'était adressée. Tu l'as reçue ?

– Est-ce qu'elle l'a seulement envoyée ? »

Sans doute trop fatigué pour réagir autrement, le père baissa les yeux.

« Tu ne l'as pas vue ?

– Et qu'est-ce qu'elle avait donc à me dire ?

– Elle voulait peut-être te parler de l'enfant. Il fallait bien qu'elle y arrive un jour ou l'autre, mais elle n'en a pas eu le courage. »

Le père n'écoutait plus. Au bout d'un long moment, il finit quand même par lever les yeux puis sourit comme quelqu'un que l'on a surpris à somnoler.

« Tu es encore en train de mentir à propos de ta mère ? demanda-t-il en regardant Brynjar de plus près.

– Toi tu croyais que c'était Otte le père de l'enfant. »

Le père le scruta d'un regard un peu moins moqueur et un peu plus douloureux.

« J'ai parlé avec Otte. Il a tout avoué.

– Tout ? Vraiment ! Eh bien, je te félicite. Et naturellement, il n'a dit que la vérité.

– L'enfant était de Tørris. »

À ces mots, il regarda son père avec dureté en se disant qu'il commettait une mauvaise action. Car après tout, c'était *son père.* Et il vit que celui-ci accusait le coup. Ses yeux s'écarquillèrent, révélant une incommensurable détresse. Pourtant, ils paraissaient de plus en plus vides et le reste du visage demeura inexpressif ; il n'y avait rien à protéger.

Mais peu après, ne daignant même plus répondre, il redevint froid et dédaigneux. Après avoir attendu un bon moment, Brynjar reprit : « Si tu oses aller chez Tørris pour le lui demander, tu seras tout de suite fixé.

– Tu n'as qu'à y aller toi-même.

– Ça ne me paraît pas utile. D'après ce que j'ai pu voir et entendre, Otte disait bien la vérité. Et puis, je le *sais.*

– Vraiment !

– D'ailleurs, toi aussi tu le sais et je vois très bien que tu commences à t'y faire. »

Ils restèrent un moment silencieux. Du champ leur parvenaient le bruit de la faucheuse ainsi que les jurements et cris d'Henrik qui encourageait les chevaux. Brynjar aurait aimé être avec lui, mener lui aussi cette bonne et belle vie. Il se réveilla soudainement en entendant son père partir d'un grand éclat de rire. Et il se rendit compte qu'il était à nouveau sous l'empire de la folie. À présent, il clignait bizarrement des yeux et son sourire n'avait même plus rien de méchant.

« Qui c'est ce Tørris dont tu parles ? Et qui est Otte ? Et qui sont ces gens, tous ces gens qui nous entourent ?

Qu'une femme m'ait trompé, voilà qui n'est pas vraiment nouveau. Pour moi, pour celui que j'appelle Torberg, ce n'est pas nouveau. Si ça lui était arrivé, il serait tout simplement sorti de l'existence pour aller s'installer dans son coin et y rester bien sagement. Il se serait retrouvé en dehors de l'univers. Ce n'est pas la peine de lui raconter toutes tes histoires.

Mais la perdre sans qu'elle-même s'en soit rendu compte ? La perdre tous les jours alors qu'on la tient dans le creux de la main comme un petit oiseau. Alors qu'on en dispose entièrement. C'est une expérience qu'il faut faire pour pouvoir en parler. Elle est là qui croit vous appartenir, vous appartenir à vous seul et qui appartient en fait à d'autres, un homme, un enfant ou je ne sais qui d'autre.

En fait, une seule chose est sûre : le coupable, c'est celui qui a l'anneau d'argent. C'est donc si difficile à comprendre ?

– Mais tais-toi donc ! cria Brynjar. Tu sais bien que ce sont des bêtises.

– Ça, tu n'en sais strictement rien. Est-ce que tu t'es rendu coupable de quelque chose ?

Tørris, continua-t-il en aparté. Tørris. Tu t'es levé pour pouvoir maintenant changer l'affaire. Tu veux créer une vérité à notre intention. Tu crées un veau blanc qui doit me sauver. Mais, tu l'as d'abord abattu pour le manger.

Ma parole, tu mens ? s'exclama-t-il soudain en regardant Brynjar droit dans les yeux. Dis-moi que c'est un mensonge, comme ça tu feras une bonne action.

Et puis va-t'en, ce n'est pas avec toi que je parle ! Je n'ai plus rien à voir avec vous et vos histoires. Ou plutôt non, c'est moi qui vais m'en aller. Oui, je vous préviens. Vous ne voyez donc pas que je suis en train de partir ?

Et d'ailleurs non, je ne vais pas me donner cette peine. Ici, je suis entouré de tout ce qu'il me faut d'éternité.

Tu avais encore autre chose à me dire ? Que je suis ton père ? Ou est-ce plutôt à moi de te le dire ? Mais regarde-moi donc. Tu vois bien que c'est moi ton père. Et Ane-Margit, est-ce qu'elle ne va pas bientôt mourir ? Elle devrait sérieusement y songer. Il serait temps. Moi je vais encore rester ici un bout de temps. Que je sois là ou ailleurs, peu importe.

– Mais *pourquoi* est-ce que tu ne parlais jamais à maman ?

– Si tu veux le savoir, tu n'as qu'à revenir demain. Demain matin à cinq heures. »

Là-dessus, il parut se perdre dans une nappe de brume. Ses traits se brouillèrent, et dans ses yeux il lut des pensées de désespoir. Brynjar décida de s'asseoir et d'attendre.

À un moment, Torberg partit d'un grand éclat de rire : « Il faut que tu gardes toi-même tes veaux célestes. Et tous tes petits bavardages d'ici-bas. »

Quelques instants plus tard, il se mit à geindre. On aurait dit qu'il venait de se réveiller : « Ô Dieu impitoyable ! »

Mais Brynjar n'était pas homme à l'écouter divaguer de la sorte. Perçant cette brume qui l'entourait, il rejoignit son père et lui rapporta ce qu'il avait entendu, ce qu'avaient dit untel puis untel. « Tu entends ? » cria-t-il, prêt à le secouer. Et il parla de sa mère, de ce qu'elle avait dû endurer avec Tørris, de ce jour où elle s'était enfuie sans connaître personne d'autre qu'Otte puis, ayant compris qui était le personnage, du soir où elle était montée dans son bateau pour le supplier de se taire. Les mots venaient tout seuls, il retraça la vie qu'elle avait menée : sa volonté farouche de lui épargner une vérité peut-être trop douloureuse pour lui être révélée, mais dont il fallait alors qu'elle porte seule le poids. Et puis, pour finir, cette dernière soirée telle qu'Otte la lui avait racontée.

« Eh oui, voilà exactement ce qui s'est passé. *Tu entends !* » cria-t-il.

Et à présent, le père l'écoutait. Immobile et muet, il regardait Brynjar droit dans les yeux sans perdre un mot de ce qu'il disait. Mais quand ce fut terminé, il donna l'impression de n'avoir rien entendu ou d'être complètement étranger à ce qui venait de se dire. Brynjar n'eut plus qu'à partir.

Il parla à Turid, lui répétant ce qu'il avait dit à son père. À présent, il était inutile de la ménager davantage. Elle l'écouta calmement, mais tantôt ses joues pâlissaient, tantôt elles devenaient écarlates. Le plus souvent, elle avait le regard qui se perdait au loin et, l'espace d'un instant, elle parut complètement absente.

Néanmoins, lorsqu'il eut achevé, elle posa sur lui un regard si étrange et si déroutant qu'il ne sut plus lui-même où diriger les yeux. À ce moment, il ne put que se rappeler les mots *nouvelle vie.* Elle secoua deux ou trois fois la tête puis sourit car ce n'était pas le moment de se mettre à pleurer. Soudain, elle s'avança et lui prit la main.

« Je ne plains pas maman ! Je ne les plains ni l'un ni l'autre. J'aurais volontiers échangé ma place contre la sienne. »

Se sentant gêné, il se contenta de répondre en riant : « Toi aussi tu réagis comme eux !

– Et puisque je sais maintenant ce que je sais sur eux deux, advienne que pourra. »

Il n'était pas homme à y réfléchir de suite. Il fallait qu'il sorte. En chemin, il parla avec Henrik et d'autres qui travaillaient dans les champs. Comme ce fut encore pire, il alla faire un tour dans la forêt mais sans que ce fût mieux pour autant. Alors qu'il revenait chez lui, il rencontra son père qui remontait le chemin. Brynjar s'arrêta mais Torberg se contenta de lui dire en passant : « Je vais me promener dans la forêt. Là-haut il fait un peu plus frais et je ne rencontrerai personne. Mais non, tu vois bien que je n'ai pas emporté de corde. »

Brynjar traîna autour de la maison jusqu'à son retour. Faute de mieux, il aurait bien aimé le rencontrer pour pouvoir lui parler.

Enfin Torberg réapparut et vint rejoindre Brynjar. Il parlait encore d'une voix bizarrement forte, mais le regard paraissait normal.

« J'ai réfléchi à ce que tu m'as dit et j'ai réussi à tout faire correspondre avec ce que je savais plus ou moins confusément. Des actes comme celui que Tørris a commis, il y en a bien d'autres ; de toute façon, il faut que le monde en prenne son parti. Et de grosses erreurs, on en relève tout autour de nous, eh oui, de grosses erreurs ou des petites, tout dépend de la façon dont on les considère. Nous vivons dans l'obscurité la plus épaisse et avons tous la conscience plus ou moins mitée, ça ne vaut pas la peine d'en parler. Et du reste… »

Il se dirigea vers son grenier, il était déjà en train de rentrer chez lui.

Lorsque Brynjar alla le voir quelques heures plus tard, il paraissait avoir dormi. Encore légèrement somnolent, il était un peu grognon mais n'était-ce pas parce qu'il allait mieux ? Brynjar s'assit tranquillement. Son père se mit à parler tout seul.

« Mais oui, bien sûr. Otte a maintenant commencé à avouer. Il était temps. Ah ouais, Otte, ce soir-là, je t'ai entr'aperçu là-bas. Eh oui, je t'ai vu et toi tu m'as vu. Tu courais comme si tu avais ta conscience aux trousses. Non, je n'ai rien entendu, je mentirais en disant le contraire, mais qu'est-ce qu'il aurait pu faire, l'autre imbécile ? et moi, qu'est-ce que j'aurais pu *faire* ? Est-ce qu'il aurait fallu que je m'incruste sur place pour commencer à fabriquer du charbon ?

– Tu as raison dans tout ce que tu dis. Mais ç'a beau être joliment dit, ça part d'une mauvaise intention. »

Torberg regarda Brynjar : « Ah bon, il avoue à présent ? Vous êtes donc de mèche, lui et toi, c'est vous qui avez concocté ce petit chef-d'œuvre ? Auquel cas, je ne peux que vous souhaiter bonne chance. Il faudrait donc que je pense à ta mère et à la vie qu'elle a menée ; c'est bien ça ? Mais réponds-moi d'abord : qu'est-ce qu'elle a subi à cause de moi et qu'est-ce qu'elle a subi à cause des autres ? Eh oui, tu vois, je m'endurcis, je parle sans faux-fuyants. Il paraît qu'il n'y a rien de mieux ; c'est un bon conseil.

Ah, les bons conseils ! Il y a eu une époque où moi aussi j'en avais la tête farcie. J'avais l'impression de les conserver dans mon cœur pour pouvoir un jour les distribuer aux gens ; donner ce qui ne vous sert à rien, quoi de plus facile ? »

Pendant un long moment il regarda dehors puis finit par dire en aparté : « Eh bien, nous allons pouvoir reprendre la vie d'autrefois. Dès demain. La *fenaison* va être belle. Eh oui, eh oui, Torberg.

Pour les gens intelligents, la vérité est comme le soleil. D'où que viennent ses rayons, il faut s'en accommoder. Eh oui, elle est comme le soleil. Parfois, elle est tellement gênante qu'elle vous fait éternuer.

– À moins qu'elle ne vous réveille », se risqua à dire Brynjar.

Un instant encore, le père resta dans la même position. Puis, se tournant vers son fils, il le scruta de bas en haut : « *Dis-moi* ? »

Sur quoi, il se retourna pour regarder une nouvelle fois dehors ; à présent, la pluie tombait à seaux.

Pendant ce temps, Brynjar s'était plongé dans ses pensées. Lorsqu'il leva les yeux, il vit le regard de son père braqué sur lui.

« Mais oui, Brynjar, tu obtiendras réparation. Toi, tout autant que les autres.

D'après ce que j'ai compris, on voudrait savoir pourquoi je ne parlais pas à ta mère. Pourquoi je n'ouvrais pas le bec.

Mais qu'est-ce qu'elle aurait bien pu me raconter ? tu veux me le dire ? Et, tant que tu y es, dis-moi donc ce que moi j'aurais pu lui demander. Eh oui, bonnes gens, entre quelque chose et rien, la distance est grande.

Oh bien sûr, nous n'avions pas encore grandi à cette époque. Mais est-ce qu'il aurait fallu que nous nous déchiquetions nous-mêmes pour nous bombarder ensuite avec les morceaux ? Ça, ils peuvent le faire, ils sont faits pour ça.

Quant à Otte, il croit maintenant qu'il m'a eu. Il n'y a qu'à lui laisser cette joie. Eh oui, Otte, tu es un brave type, c'est moi qui te le dis. Tu es quelqu'un de bon, même si je te trouve un goût un peu amer. Je t'ai déjà dit adieu.

Et puis il y a Tørris. Tørris et l'acte qu'il a commis. Enfin il y a moi, moi et l'acte que j'ai commis. À perpétuité.

Hein ! Otte ? Mais Arna ne le *voyait* pas. Pour elle, il n'était qu'une ombre.

Le réveil, le réveil du jour autour de nous.

Et maintenant laisse-moi en paix. Encore un petit moment. Je voudrais dormir sur ces mots. Console-toi en songeant qu'il vaut mieux vivre dans l'honneur que mourir dans la honte. D'ailleurs, la mort est une leçon qui ne s'apprend pas. Mais tu dois pouvoir vivre dans l'honneur, il y a forcément une solution. Laisse-moi seulement dormir pour y réfléchir.

Ah, si l’on pouvait bientôt dormir en s’enfonçant dans le sommeil le plus noir. Oh oui, donne-toi le temps », s’exhorta-t-il lui-même.

TORBERG

Le lendemain, le père retourna faire une longue promenade dans la forêt. Après quoi, il remonta dans son grenier. Et tout le monde fut convaincu qu'il n'en redescendrait pas de la journée. Il ne tarda pourtant pas à réapparaître, changé de pied en cap, comme s'il avait l'intention de s'en aller. Mais ce qui parut plus surprenant encore c'est qu'à présent il répondait aux gens en les regardant droit dans les yeux. Maintenant, c'était bien *lui*. Il était venu jusqu'à eux. Il était vivant et ne paraissait plus à mille lieues des autres.

Tenant son chapeau à la main, il s'assit. Ils remarquèrent alors qu'il avait vieilli.

« Eh oui, mes enfants, j'ai aussi pensé à vous, commença-t-il. Je savais bien que ce n'était pas réjouissant d'être des enfants d'assassin. Or, cette nuit, j'y ai pensé encore plus. Et peut-être plus lucidement. Il faut que nous arrivions à desserrer l'étau. Il le faut. Mais pour savoir ce qu'il convient de faire, j'aimerais d'abord vous parler, y compris à Henrik, si nous arrivons à mettre la main dessus. »

Il se redressa sur sa chaise, retrouvant exactement la posture qu'il avait auparavant pour regarder les gens.

« Brynjar, tu m'as demandé pourquoi je ne parlais pas à ta mère. C'est vrai que j'aurais dû. C'est bien regrettable. Je n'ouvrais pas la bouche mais, pour tout dire, c'est mon cœur que je ne réussissais pas à ouvrir. Je ne sais pas si c'est le genre de choses qui vous préoccupe encore. En tout cas, je vous l'ai dit, ça venait du cœur. »

L'espace d'un instant son regard se figea. Ils sentaient toute la profondeur de son trouble. Rongés par l'incertitude, ils se rendaient compte qu'ils pourraient perdre leur père tout aussi facilement qu'ils l'avaient retrouvé. En tout cas, songea Brynjar, dès lors qu'on attend, c'est qu'on vit.

Finalement Torberg se redressa.

« Eh oui, dit-il en souriant, on ne peut pas dire que le destin se montre indulgent. Seulement, s'il vous oublie, vous restez tout simplement en plan. Pour Dieu, Ane-Margit est quelqu'un que l'on a oublié sur son tabouret. Les gens vous exhortent à prendre votre destin à la gorge. Admettons. J'aimerais seulement savoir s'ils parlent d'expérience.

Mais j'en viens à ce que je devais vous dire : que voulez-vous maintenant que nous fassions ? Est-ce que nous allons laisser Otte révéler sa vérité ? Et ainsi permettre que tout le pays connaisse la clé de l'énigme ? Pour ma part, j'aurais l'impression de les laisser marcher sur elle, lui et tous les autres, de laisser le troupeau piétiner sa vie. Pour vous, ce serait sans doute différent car vous ne seriez plus considérés comme des enfants d'assassin.

Alors, qu'est-ce que *vous* en pensez ?

Eh oui, vous avez raison. C'est bien difficile de répondre et même presque aussi compliqué que de vivre.

En fait, de deux choses l'une : ou nous la sacrifions aux gens, ou nous nous sacrifions nous-mêmes.

Eh oui, c'est souvent malaisé de répondre. J'ai lu un jour que lorsqu'un Chinois passe un examen, on lui bloque la tête avec un système de vis. Juste en face des yeux sont disposées deux pointes de javelot mues vers l'avant par un mécanisme d'horlogerie. Si le gars n'a pas pu répondre avant que les pointes ne lui ressortent par la nuque, on ne les lui retire pas ; c'est son diplôme. Telle est la loi. Est-ce que c'est vrai ? En tout cas, c'est assez déraisonnable pour l'être. Suffisamment incroyable pour qu'on puisse le croire.

Il y a eu un moment où je me suis cru victime du même procédé et j'ai gardé le silence ; j'ai gardé le silence jusqu'à ce que les pointes m'aient transpercé. Eh oui, car, de toute façon, la tête n'aurait pas pu résister dès lors que le monde allait *tellement* de travers. Et moi, je ne voulais pas en faire partie.

Mais ça, c'est ce que nous pensons ou croyons, et il suffit de tourner quelques pages pour penser tout le contraire.

Rassurez-vous, j'ai bientôt fini. Je voulais simplement sentir quelle impression ça faisait de parler. De toute façon, sachez qu'Arna et moi, votre mère et moi, nous avons vécu nos vies à *notre* manière, je ne vois pas comment je pourrais le dire autrement. Quoi qu'il en soit, nous avons vécu et vécu en êtres humains.

Croyez-vous que les autres ont mieux profité de leur vie que nous ? Pour nous, en tout cas, ça n'a pas été rien.

Vous aurez tout le temps d'y penser. Mais maintenant, c'est à autre chose que nous devons songer : à ce qu'il faudra dire aux gens à propos de votre mère. Essayez d'y réfléchir un peu pendant que je parle.

Non, je ne savais rien de cet enfant qui vivait en ville. Ou alors je croyais que c'était celui d'Otte, Dieu seul le sait ; et pourtant, je sentais bien que quelque chose éloignait Arna de moi. À mes yeux, c'était un être unique et, après qu'elle s'est installée à la maison, je n'ai plus été moi-même. Oui, je n'ai pas peur de le dire. Avant, je m'exprimais différemment : je répétais que si je n'avais pas ma bonne femme à mes côtés, j'étais à la fois boiteux et aveugle. Mais après, j'ajoutais aussi que je me plaisais bien comme ça et que c'était là le problème. À cette époque, c'était ainsi que nous blaguions et nous exprimions. Car si l'on n'ose pas parler, on ne peut pas non plus se taire. C'était comme ça.

Oh oui, Brynjar, tu le sais bien, toi. Tu sais bien que ce n'est pas si grave que ça et qu'il n'y a rien de nouveau sous le soleil. Des personnes comme elle, il y en a bien d'autres. J'en ai moi-même vu à l'époque où je naviguais, aussi bien à l'étranger qu'en Norvège. Oui, j'ai vu des gens qui me faisaient penser à elle. Dieu sait ce qui leur est arrivé et ce qu'il leur a fallu subir ; ils étaient *bons* ! Et puis, il y a eu un Tørris, et puis il y a un Otte. Et après, ç'a été moi. Ça peut arriver, eh oui, ça peut arriver, il n'y a pas de quoi s'en faire.

Mais, ce soir-là, il fallait que je sorte. Ça me prenait chaque fois qu'elle s'en allait. Pourtant, je savais que ce n'était pas pour se faire du mal : on n'a guère l'habitude de se tuer par ici. Et c'est lorsqu'elle revenait, lorsqu'elle avait le plus besoin de moi, que je rentrais. Que je rentrais pour me coucher. Je ne me rappelle pas ce que je pensais à ces moments-là. En tout cas, je sais que c'était pénible. Et c'est après que j'ai été son meurtrier, vous entendez ? Je veux que vous le sachiez. Et, du coup, vous saurez aussi que si la vérité d'Otte n'est pas révélée, ce n'est pas pour autant que je serais victime d'une injustice.

Je dois dire que lorsque je me suis retrouvé devant les autorités, je ne m'en rendais pas encore compte. Mais si l'injustice m'a tant fait souffrir, c'est que, consciemment ou inconsciemment, je me sentais un homme accusé. Je n'ai pas arrêté de protester. De là où je me trouvais, je les ai tous condamnés. Car s'il pouvait arriver quelque chose de ce genre, c'est que tout pouvait arriver, et pour moi c'était inacceptable. Autour de moi, c'était la nuit noire.

J'étais comme un enfant. Et puis soudain, c'est venu, j'ai même eu l'impression que c'est quelqu'un qui est venu me le dire : en vérité, c'était sa réputation que je devais protéger car elle représentait quelque chose de sacré. Il ne fallait pas déshonorer davantage son existence. Il ne fallait pas ébruiter qu'au moment de sa mort il y avait quelqu'un comme Otte à côté d'elle. Il valait mieux que ce soit moi. À mon sens, ce qu'elle et Otte avaient pu se dire ne regardait personne, même pas moi.

C'est fou tout ce que j'en suis venu à croire et ne pas croire. À propos *d'elle*. Au reste, il fait maintenant plus clair autour de moi. Eh oui, il ne suffit pas de posséder de l'or, il faut aussi croire en sa valeur, sinon on reste pauvre. Et l'on ne saurait se contenter de faire ce qu'on peut.

Sans doute y avait-il une force dans le malheur, et je me suis endurci dans cette idée. Mais à présent je suis réveillé : Il n'y *avait* pas de malheur ! Sinon celui que je m'étais moi-même créé.

Il n'était pas rare qu'elle me regarde en riant. Comme un enfant en face d'un autre. Elle voulait voir si ce qui ne s'était pas passé pouvait effectivement ne pas s'être passé ; si je me tourmentais *encore* à l'idée qu'il avait pu se passer quelque chose.

Pourquoi je ne lui parlais pas ?

Je voulais me venger.

– Ce n'est pas vrai ! s'exclamèrent ses deux enfants d'une même voix.

– Pas vrai ? s'étonna-t-il. Mais naturellement que c'est vrai. Eh oui, moi qui me trouvais si bon, je me sentais tenu de me taire. Ouais, c'est réellement ce que je pense.

Je me disais qu'en gardant le silence je lui pardonnais doublement. À mes yeux, elle l'avait mérité. Eh oui, c'est ainsi que je la voyais. Pour moi elle comptait tellement que je devais la tuer par mon silence rien qu'en lui pardonnant.

Voilà donc ce que je me disais. Dans le mot pardonner, il y a un abîme de bien et de mal.

Eh oui, mes enfants, mais c'est maintenant un chapitre clos et nous n'avons pas à revenir là-dessus. Faisons notre possible pour redevenir des hommes. Vous êtes des jeunes gens ouverts et je peux vous dire tout ce que j'ai à vous dire. Se taire est un vice dont je veux me débarrasser. J'espère maintenant me conduire raisonnablement.

Mais nous devions parler de ce qu'il convenait de dire dans le canton. À propos de sa réputation. Qu'en pensez-vous ?

En ce moment même où je vous parle, je la revois. Peu importe, nous avons autre chose à faire. Mais quand même, est-ce que vous vous rappelez les moments où elle vous regardait vraiment ? Où elle riait ? où elle ne riait pas ? Ah, si j'avais *su.*

Oui. Pour beaucoup de gens, c'est ça la vie : Ah, si j'avais su ! C'est en même temps la question et la réponse.

Mais ce qui compte, c'est la réputation qui nous suit après la mort. Pourquoi faut-il toujours y voir quelque chose de sacré ? Pourtant, ce n'est que l'œuvre d'autres hommes. Nous créons notre destin à notre image tandis que notre réputation posthume, c'est à leur image que d'autres la créent. Alors, qui sommes-nous ? Pour l'un, nous sommes comme ceci et pour un autre comme cela. Qu'est-ce qu'une étoile dans le ciel ? Un point brillant pour untel ou untel, mais un énorme soleil pour d'autres. Et c'était là que je voulais en venir : si nous pouvons assumer notre destin, nous pouvons également assumer ce qu'on en dit.

Mais ne m'écoutez pas, il faut maintenant que je m'en aille ; je ne suis pas encore tout à fait maître de ce que je dis, et je n'ai pas eu le temps de me réhabituer aux gens. Il y a cependant une chose dont vous devez vous souvenir : nous sommes tous responsables de tout ce qui se passe autour de nous.

Et maintenant, je crois que je vais aller chez Tørris. Il faut que je le voie. Et puis, tant que j'y suis, je vais sans doute passer chez Ane-Margit pour voir où elle en est de sa mort. Sans compter Otte à qui il faudrait aussi que j'aille dire quelque chose. Et vous, pendant ce temps-là, vous n'avez qu'à réfléchir à ce qu'il faudrait faire. Quant à ce bout de lettre que vous avez trouvé, je vous demande de me le laisser. En cours de route, je regarderai ce qu'il y a dedans. »

Brynjar remarqua que Turid était heureuse et même plus de donner la lettre à son père, c'était évident. Il s'était passé quelque chose en elle. Elle avait les yeux de quelqu'un qui était dégagé d'une promesse trop lourde pour être tenue. Quant à lui, il songeait qu'à cette heure il aurait dû être à bord de son bateau.

Et cet homme-là, c'était bien Torberg Bjørholt. À n'en pas douter. On le remarquait surtout à ses yeux. Ils avaient retrouvé leur force, leur regard même, tout ce qui était lui-même. On ne s'étonnait plus en les voyant. Tout son visage s'était appliqué à redevenir ce qu'il était.

Du temps de sa réclusion dans le grenier, il n'avait pas laissé passer un seul jour sans se raser, même quand il voyait tout en noir. Il lui était seulement arrivé de négliger un peu sa tenue.

Lorsqu'il s'en alla, Brynjar l'accompagna sur le chemin qui longeait le champ d'avoine. Gardant une main dans le dos, comme le font souvent les gens calmes, il se servait de l'autre pour attraper des épis et les écraser entre les doigts. Non loin de là, Henrik attelait le cheval au grand râteau à foin.

« Il y a déjà du lait dans l'avoine, dit le père.

– Bon Dieu, oui, comme une vache qui vient de vêler.

– Mais cette pierre qui est au bord du champ, qu'est-ce qu'elle fait là ? Elle gêne le passage, à la fois pour l'homme et le cheval.

– Elle ne date pas d'hier. On l'a toujours vue là !

– Du moment qu'on ne va bientôt plus la voir, dit le père.

– Certes, oui, elle n'est pas classée », fit Henrik qui, juché sur le râteau, fit repartir le cheval.

Torberg regarda en l'air puis embrassa le paysage du regard. Il plissait les yeux comme si la lumière était un peu trop forte. Ce n'était pas vraiment un temps de fenaison, mais la journée était bien assez claire et convenait idéalement pour mettre le foin en bottes. Torberg descendit alors la pente et franchit le pont pour gagner la ferme de Tørris.

Non loin de là se tenait Mattias. Après l'avoir observé un instant, il s'approcha de Brynjar. Encore plus calme et renfermé que d'habitude, il paraissait aussi plus heureux. Ayant attrapé Brynjar par la manche de sa veste, il lui glissa : « Pstt, pstt ! Tu sais ce que nous avons de mieux en nous ? Eh bien, c'est le cœur. Seulement il est situé à gauche. Du côté faible. Tu me comprends ?

– Oui, l'approuva Brynjar.

– Faut-il que tu sois bête ! Alors je vais te révéler la vérité. Personne n'aura Turid. Non, personne. Elle est trop bonne et personne n'est digne d'elle. Quant à ton père, il n'arrivera jamais à ma hauteur. Il n'y aura jamais personne comme moi, et moi je vais *devenir* prophète. »

Lorsqu'il s'en retourna chez lui en claudiquant, il ne dansait pas. Brynjar se sentit peiné en songeant à Turid et à ce que le malheureux avait prédit à son propos ; au même moment, il lui sembla entendre un méchant rire derrière lui, un rire du créateur ou de quiconque d'autre. Maintenant, il était temps qu'il remonte à bord de son bateau.

Il vit son père qui, marchant entre les vieux trembles, se dirigeait vers la ferme de Tørris. C'était tout simplement un homme qui avançait sur un chemin, un homme qui allait voir un voisin, aurait-on dit. Ou si l'on voulait, c'était Torberg Bjørholt de Vangdal qui s'était remis en route. Pour la première fois depuis bien longtemps. Il faut bien qu'il puisse être ce qu'il est vraiment, disaient les gens, et nous, ce n'est pas *notre* affaire.

POSTÉRITÉ

Brynjar n'avait nulle envie de rester à la maison en l'absence de son père. L'attente ne lui disait rien qui vaille, et il sortit pour renouer avec d'anciennes connaissances. Comme elles étaient aussi nombreuses que variées, il n'avait que l'embarras du choix.

Avant d'arriver à Vangdal, il croisa un jeune paysan qui en revenait. Il comprit tout de suite que c'était l'amoureux de Turid. D'apparence assez ordinaire, il n'en avait pas moins quelque chose de particulier. D'évidence ce n'était pas le premier venu. Apercevant Brynjar, il posa sur lui un regard inattendu. On sentait qu'il serait douloureux de perdre cet homme. Certes, il n'y avait pas de raison mais, grands dieux, qu'est-ce qu'elle avait toussé cette nuit !

Qu'avait-elle donc pu lui dire de si méchant pour qu'il fasse cette mine ? On avait beau le mettre dans une catégorie particulière, il paraissait extraordinairement voûté, terriblement mutilé.

Poursuivant sa route, il la rattrapa – elle avait raccompagné le jeune homme sur un bout de chemin – et lui demanda ce qui s'était passé.

Elle s'arrêta, le regarda puis sourit comme si elle était la dépositaire d'un bonheur ou d'un malheur ignoré de tous, quelque chose de trop précieux pour être vrai. Leur mère avait parfois le même sourire.

« Ce que je lui ai raconté ? Eh bien, que ce n'était pas notre père le meurtrier. Je lui ai dit toute la vérité et il en a vraiment été très heureux.

– Mais tu as bien dû lui dire autre chose ?

– Je lui ai simplement dit qu'il devrait m'attendre jusqu'à ce que je sois guérie. Or tu n'ignores pas que je ne le serai jamais.

– Tu n'as pas le droit de dire jamais. C'est un péché.

– Bien sûr que c'est un péché, mais c'est la vérité. »

Brynjar ne sut plus que dire. Lorsqu'ils se furent remis en route, elle continua : « Tout ceci c'est avec ces mots que je l'ai dit. Il faut que toi au moins, tu me comprennes. Quoi que j'aie pu penser ou ne pas penser, il m'aurait été impossible de le dire autrement. »

Mattias se tenait sur la pente qui montait de l'autre côté du ruisseau. Il dansait silencieusement sur place tout en faisant de grands signes avec les bras. Allant jusqu'à esquisser un sourire, Turid lui répondit pareillement. Brynjar savait d'évidence que personne n'aurait jamais la jeune fille ; l'idiot ne s'était pas trompé ; elle n'allait pas mourir de cette mort. Quant à elle, tout ce qu'elle savait à ce moment-là, c'est qu'elle avait accompli un acte d'une indicible difficulté mais fondamentalement juste.

La soirée était déjà bien avancée et le père n'était toujours pas revenu. Mais il est vrai qu'il lui fallait du temps pour régler tout ce qu'il avait prévu de faire.

La nuit était tombée lorsque Otte arriva à la ferme en courant. Ils ne le reconnurent pas tout de suite tellement il allait vite et semblait bouleversé. L'ayant vu débouler, Henrik s'était précipité à sa rencontre. À l'arrivée des autres, Otte reprit son récit d'une voix bégayante.

« Figurez-vous que votre père est maintenant allongé par terre au *même endroit* ! Oui, je comprends bien, mais ne vous affolez pas, il vivait encore quand je suis parti car j'ai filé comme un dératé et il est bien possible qu'il ait maintenant retrouvé ses esprits. Eh oui, il s'est évanoui et il est tombé ; non, il n'est pas vraiment tombé, mais j'ai été obligé de le ramasser et de l'asseoir contre un tas de bûches ; rassurez-vous, ce n'est pas grave. Mais maintenant, il faut atteler la charrette pour le ramener chez lui. Ne perdons pas de temps. »

Il essuya la sueur de son front et regarda Brynjar.

« Ça s'est passé à l'endroit même où Arna s'était effondrée. C'est exactement là qu'on l'avait retrouvée. »

Henrik arrivait déjà avec le cheval, et les trois hommes se mirent en route. Mais à mi-parcours, ils virent Torberg qui arrivait à leur rencontre. Tenant à la main un bâton qui lui servait de canne, il marchait à peu près normalement mais avait le teint livide. Un sourire contraint sur les lèvres, il agita la tête vers eux en disant : « Eh non, ce n'est pas allé jusque-là. Un de moins, c'est bien assez comme ça. »

Une fois allongé dans son lit, il dit en souriant :

« Eh non, ce n'était pas encore mon tour. Chez Arna, c'est le cœur qui a flanché mais chez moi c'est la tête. Oh ! elle n'a pas flanché très longtemps. Le temps de penser : ma parole, est-ce que je suis ivre ? puis de ne plus penser du tout. Mais à présent, c'est fini. »

Il refusa obstinément qu'on fasse venir le docteur. Ce n'était pas la peine que tout le monde soit mis au courant. C'était déjà bien assez ennuyeux comme ça.

Otte passa la nuit chez eux et raconta à Brynjar ce qui s'était passé : « Torberg est venu chez moi après être passé chez Tørris. Il était aussi calme et direct qu'autrefois. Ça m'a fait un drôle d'effet. Nous nous sommes mis à discuter de nos affaires – je t'épargne les détails – et sommes tombés d'accord sur tout, absolument tout. Car la réputation d'un mort, c'est quelque chose de *grave* et même de sacré. On ne peut la laisser partir à vau-l'eau. Et lorsqu'il m'a quitté, nous étions convenus de tout ce qu'il fallait faire ou ne pas faire.

Après quoi, je l'ai raccompagné comme autrefois. Tout en bavardant nous sommes arrivés sans nous en rendre compte à l'endroit que tu sais : cette petite clairière de la forêt où était tombée Arna. À ce moment, Torberg s'est arrêté et a dit : “Maintenant je vois tout. Absolument tout. Jusqu'ici, a-t-il ajouté, je me contentais de croire.”

Et soudain, il a porté la main à son front avant de dire plusieurs fois en riant : “Eh bien alors ?” Puis il a ajouté : “Mais qu'est-ce que c'est que ce coup ?” Là-dessus, comme je le voyais chanceler, je l'ai pris à bras-le-corps et l'ai tiré jusqu'au tas de bois pour l'asseoir. Il n'était guère conscient. Moi, j'ai paré au plus pressé : je l'ai allongé et j'ai pris son chapeau pour le remplir d'eau. Qu'est-ce que vous voulez, j'ai agi avec les moyens du bord. Et je vous garantis que je n'en menais pas large. Imagine qu'il lui soit arrivé la même chose qu'à elle ? Ah ça, croyez-moi, j'ai été drôlement *heureux* qu'il revienne à lui. Dès que je m'en suis rendu compte, je me suis précipité ici.

Il *faut* qu'il se rétablisse, sinon je me demande ce qui va bien pouvoir se passer. »

Le lendemain, Torberg garda le lit bien qu'il s'estimât guéri. Il avait un livre de médecine et savait parfaitement de quoi il retournait : ce n'était pas une *attaque* qu'il avait eue. Le jour suivant, il se leva et alla même faire un petit tour chez Tørris. Au moment du dîner, il dit à Brynjar : « Tu n'as sans doute pas très envie de t'éterniser ici ? Moi non plus d'ailleurs, du moins pour le moment. Après, ça ira mieux, on a encore besoin de moi ici. Mais il faut d'abord que j'aille un peu m'aérer. Je vais accompagner Turid dans son ancienne maison de repos. Elle a besoin de se refaire une santé. D'ailleurs, ça ne m'étonnerait pas que la mienne aussi laisse un peu à désirer. Il se pourrait bien que j'aie des taches et d'autres choses du même genre. En tout cas, nous partons.

Eh bien, qu'est-ce que tu en dis ? » demanda-t-il à Turid qui était devenue écarlate.

Rayonnante de joie, elle le regarda longuement et, du même coup, en oublia la question.

Torberg se tourna vers Brynjar : « Ça te travaille sans doute de savoir où j'ai pris l'argent ? Eh bien, sache que je l'ai pris là où il est. Chez Tørris. Eh oui, je lui ai demandé et il a été d'accord. Pourquoi pas ? Vous n'avez qu'à vous poser la question. Je pense que nous avons tous les deux sagement agi. Songez-y un peu. D'ailleurs, il sera remboursé dès que j'aurais vendu la ferme. »

Un moment après, il dit : « À bien y réfléchir il ne s'est rien passé ici. Il n'y a que *les commérages du canton* qui poussent et prolifèrent. Pour moi, ce sont de mauvaises herbes et même des herbes sauvages. Mais rappelez-vous que celles-ci ne s'enfoncent même pas d'un pouce sous terre et encore moins de trois.

Et moi, il n'y a personne qui puisse me faire du tort. »

Ce furent les dernières paroles qu'ils l'entendirent prononcer. Le reste de la journée, il vaqua à ses occupations et, le lendemain, on le trouva mort dans son lit.

Le médecin ne put déterminer la cause du décès. Il émit plusieurs hypothèses, allant jusqu'à se demander s'il n'y avait pas eu empoisonnement. Et Brynjar songea que les autres ne manqueraient pas non plus de se poser la question. D'abord, ils en parleraient occasionnellement puis finiraient par en être persuadés : alors que personne d'autre ne s'y était risqué, Torberg s'était lui-même jugé. Et il fallait espérer qu'il avait bien jugé. Brynjar voulut être absolument certain que son père n'avait pas péri empoisonné. En fait, tout permettait de penser qu'il avait été emporté par une congestion cérébrale.

Le père avait disparu. Seul restait son cadavre et celui-ci les laissait s'arranger comme ils l'entendaient. Brynjar trouva qu'il avait l'air indiciblement mort et délivré. Le lendemain, alors qu'ils le regardaient, il dit à Turid : « Il ne s'est même pas inquiété de sa réputation, il a laissé à ceux qui vivent le soin de la faire. »

Le même jour, les quotidiens rapportèrent qu'un homme du nom d'Otte Vangdal s'était présenté à la police pour y faire d'étranges aveux. Précisant l'heure et le lieu, il affirmait avoir rencontré Mme Arna Bjørholt au moment de sa mort. Personne n'avait oublié l'affaire qui datait du printemps dernier. Lorsqu'il l'avait saluée, elle s'était arrêtée et était morte immédiatement après. Simultanément, il avait entendu quelqu'un venir et avait préféré disparaître de peur d'être vu et de s'attirer des ennuis. C'était d'ailleurs pour cette raison qu'il avait ensuite gardé le silence. Il savait qu'il avait mal agi, mais seul comptait maintenant son désir de lever tous les soupçons qui pouvaient peser sur Torberg Bjørholt.

L'un des journaux écrivait qu'il fallait ajouter foi aux propos de l'homme, tandis que l'autre se demandait si l'affaire avait été véritablement éclaircie. Dans un précédent numéro, les deux avaient rendu hommage au défunt.

Le soir, le mari de tante Dina vint à la ferme. D'évidence quelque chose lui pesait.

« J'ai laissé ma femme et mon magasin pour venir ici toutes affaires cessantes. Car j'ai quelque chose à te dire, Brynjar. À toute la famille d'ailleurs.

Vous avez lu ce qu'il y a dans les journaux. Eh bien, *moi* je vous dis qu'il ne faut pas en croire un mot ! Bien sûr, je ne suis qu'un profane et je ne veux pas me faire passer pour ce que je ne suis pas. N'empêche, *n'empêche* que je respecte la religion et tout ce qui s'y rapporte. Alors maintenant, il nc m'est plus possible de me taire. J'ai une responsabilité et j'entends me retrouver du bon côté.

Advienne que pourra, mais moi je vous le dis tout net : dans cette affaire, c'est le Seigneur lui-même qui a jugé. Et celui qu'il a jugé, c'est Torberg Bjørholt. Le Seigneur a frappé du poing sur notre table et il ne nous reste plus qu'à nous incliner ; nous et tous les autres. Jamais Arna n'aurait dû se retrouver là-bas sans vie. Et quelle que soit la manière dont ça s'est passé, le responsable s'est fait juger par une puissance supérieure.

Notez bien l'heure et le lieu. Je vous le dis à vous tous et le dirai à ma propre femme. Je ne peux pas faire autrement. »

Amen, songea Brynjar, mais franchement je me demande pourquoi papa ne lui a jamais flanqué un aller et retour. Sans doute parce qu'il aurait alors dû faire la tournée complète et en flanquer à tout le monde. Mais après ? Eh bien après, ce n'est pas ça qui aurait permis à maman de se relever et, pour papa, ça n'aurait rien changé. Et puis, de toute façon, il est maintenant à quatre pieds sous terre.

L'oncle s'était interrompu, mais plutôt comme s'il avait soudainement songé à son magasin et à sa femme. Ce n'était cependant pas le jour, et son esprit se préoccupa à nouveau de choses graves.

« Eh oui, je te le dis tout net ! Bien sûr, je ne suis qu'un profane et je n'essaie pas de me faire passer pour autre chose ; n'empêche que j'ai du respect pour la religion et tout ce qui s'y rapporte. Alors moi, j'entends être du bon côté. Et l'homme que l'on nous a désigné pour être condamné, il faut qu'il soit condamné. C'est ainsi.

Rappelez-vous que Torberg Bjørholt a fait dans son livre la réputation des gens. À présent, c'est Notre-Seigneur qui a fait la sienne. Et maintenant, nous, les membres de sa famille, il ne nous reste plus qu'à nous incliner.

Curieux, voyez comme c'est curieux. L'homme vit pour sa réputation, et c'est aussi pour sa réputation qu'il meurt. Mais qu'arrive-t-il donc une fois que c'est fait ? Eh bien, à ce moment, ce même homme n'a plus aucun besoin de sa réputation !

Bien ! je vous ai prévenus, j'ai fait ce que j'avais à faire. Et maintenant, vous savez à quoi vous en tenir. »

Brynjar se rappela alors que c'était cet homme-là qui jouait les « spectiques » à tout propos. Et il croyait se rappeler que son père l'aimait bien. En même temps, il songea à ce que celui-ci aurait dit s'il avait été là. Étonné, il scruta son oncle et lui dit sans même prendre le temps de réfléchir tellement c'était évident : « Ce n'est vraiment pas possible d'être bouché à ce point-là. »

Il n'aurait sans doute pas pu trouver de mots plus durs, et l'homme blêmit sous l'affront. Mais il ne faiblit pas. Continuant de regarder Brynjar droit dans les yeux, il semblait l'avertir : Puisque tu ressembles tellement à ton père, il va t'arriver la même chose qu'à lui. En tout cas, moi j'ai fait ce que j'avais à faire. Là-dessus, il tourna les talons et s'en alla.

Mais au même moment, il buta contre sa femme qui arrivait à son tour, bien qu'elle fût déjà passée peu de temps auparavant. Il fit un crochet pour l'éviter, mais elle tenait maintenant à lui montrer le peu de cas qu'elle faisait de lui, et c'est à peine si elle lui adressa un regard. L'un partait, l'autre arrivait.

Brynjar s'aperçut que l'idiot était là. Il y avait longtemps qu'on ne l'avait vu. Il regarda Brynjar dans les yeux en essayant de garder son sérieux mais se retourna très vite tellement il avait envie de rire. Il était bien trop heureux.

C'était inquiétant de voir à quel point il ressemblait maintenant aux autres. Peut-être était-ce à cause de son rire, leur rire qui l'avait contaminé ? Eh oui, eh oui, qu'ils aillent donc en paix, lui et les autres.

« Eh bien, c'est Torberg qui a gagné, dit tante Dina. Je ne sais pas ce qu'il voulait, celui qui m'a précédée. Je ne veux même pas le savoir. Mais aujourd'hui, après la parution des journaux, j'ai vu *bon nombre* de ses ennemis. Ils avaient l'air abattu. Et d'ailleurs, certains l'admettaient. À les entendre, ils n'y avaient jamais vraiment cru. Ils voulaient seulement qu'on fasse la lumière sur cette affaire. Bon, il ne faut pas leur en vouloir pour ça. Brynjar, n'oublie surtout pas que nous sommes tous des hommes.

Mais maintenant, il faut que je te fasse un aveu », continua-t-elle en se mettant à pleurer.

« Moi non plus je ne savais pas très bien ce qu'il fallait croire. Non, Brynjar, je ne savais pas ! Car je ne connaissais pas Torberg, je ne connaissais pas mon propre frère. Je savais seulement qu'il lui arrivait de prendre les choses trop à cœur. Mais je me rappelle bien ce qu'il m'a dit un jour, il y a à peine quelques années de ça. Je n'ai pas osé t'en parler quand tu étais chez moi.

"Des gens qui m'approcheraient de trop près pourraient me croire malheureux, m'a-t-il confié. C'est peut-être l'impression que je donne, a-t-il continué en riant. De toute façon, à force de rester tranquille, leur bonheur à eux a fini par s'endormir et eux, ils se sont endormis à côté." Ensuite, il a ajouté d'un ton qui m'a fendu le cœur : "Ils peuvent penser ce qu'ils veulent, en tout cas, moi je l'ai." C'était d'Arna qu'il parlait. Sache qu'à ce moment-là, j'ai eu peur.

Et maintenant qu'on l'a définitivement blanchi, je veux qu'on sache qui était Arna. Elle était digne de lui ! Oui, voilà ce que je tiens à dire sur elle. Et il fallait le dire. »

Tante Dina se remit à pleurer, ce qui n'était pas vraiment à son avantage mais, en ce jour, il fallait lui aussi qu'il fasse preuve d'indulgence. Puis elle parla encore longuement de ses parents mais, à ce moment-là, il avait cessé de l'écouter. Il avait l'impression qu'elle était loin de lui parmi les autres et qu'il était impossible de savoir ce qui se disait là-bas. Mais ça lui était égal. Ils n'avaient qu'à laisser le Seigneur juger, ce qui leur évitait d'avoir à le faire eux-mêmes.

« L'homme n'a pas à être vengé, dit-il à tante Dina. C'est bien mieux comme ça. »

Elle se remit à parler pour dire que la vengeance n'était pas son affaire mais celle du Seigneur. Sa voix était douce et chaleureuse. Et tous les autres l'approuvaient. Ils croyaient savoir de quoi ils parlaient et avaient choisi de se tenir du bon côté.

Il fut à deux doigts de dire : c'est insensé ce que cela *coûte* à certains d'être heureux, comme on dit. Mais ce n'était pas à lui de le dire. À ce jour il ignorait ce que c'était. Il ne savait même pas ce qu'il devait dire à sa propre sœur.

Le lendemain de l'enterrement, il partit vers le Nord pour accompagner Turid dans une maison de repos. Après, reprenant son ancienne existence, il repartirait dans le vaste monde. Avant de s'en aller, il avait dit au revoir à bon nombre de gens. Au cours de son voyage, il songea à eux, essayant de se remémorer leur aspect et les propos qu'ils lui avaient tenus. Certains lui avaient dit qu'il avait perdu son père et même son père et sa mère. À quoi il avait répondu qu'il n'en était rien. J'ai quand même vu papa *un jour*, avait-il ajouté. Et j'ai aussi vu ma mère le même jour. Je ne suis nullement orphelin.

Il s'était installé sur le pont à côté de Turid. En toute quiétude le bateau se dirigeait vers le nord. Tandis que, comme on disait dans le temps, chacun d'eux se dirigeait vers son avenir.

LA RÉPUTATION
d'Olav Duun
a été achevé d'imprimer en avril 2023
sur les presses de l'imprimerie Jelgavas Tipogrāfija.

Éditions Cambourakis
62, rue du Faubourg-Saint-Antoine
75012 Paris
www.cambourakis.com

Dépôt légal : mai 2023.
ISBN : 978-2-36624-781-7
Imprimé en Lettonie.